KB053055

나이답게가 아니라 나답게

원현정
에세이

나이답게가
아·니·라
나！답게

siso

'나이답게'가 아니라
'나답게' 살기 위하여

2018년 여행 에세이를 내자마자 다음 책은 무엇을 써야 하나 고민하다가 '오십 대 도전기'로 주제를 정했다. 그런데 글을 쓰다 보니 오십 대만을 위한 내용은 아니라서 나이를 한정하기보단 폭넓게 생각해보기로 했다. 결국 현재의 나이와 상관없이 나이 듦에 중요한 것은 '나답게 사는 것'이었다.

주제를 정하고 나서도 글쓰기는 쉽지 않았다. 쓰다 말다 하기를 몇 번 반복했다. 좌절하다가 다시 쓰기도 여러 번이었다. 어떻게 나이 드는 것이 좋을지에 관해 내가 느낀 그대로를 쓰면 되는데, 뭐가 그리 힘들었을까. 문장은 간결하고 쉬워서 한

권을 다 읽는 데 반나절도 안 걸릴 책인데, 완성하는 데는 무려 3년이 걸렸다. 망설이며 쓰는 데 2년, 코로나19로 미뤄져서 또 1년.

노인학 전문가들이 말하는 노화를 늦추는 비결로는 운동, 책 읽기, 글쓰기, 그림 그리기, 노래나 춤을 직접 하기 등이 있다. 모두 오십 세부터 내가 하고 있는 것들이다. 뭐든 시작하고 보는 나를 보며 지인들은 "네가 다 하고 있는 것들이네?"라고 말한다. 그래서 나는 내가 하는 것들에서 깨달은 점을 솔직하게 써 내려갔다. 그런데 내가 봐도 그것만으로는 공감이 가지 않는다. 왜 그렇게 사는지 설명이 필요했다. 그 이유를 설명하다 보니 내가 살아온 시간, 감정들을 탈탈 털어내게 되었다. 어디까지 이야기해야 할지 고민도 많았지만, 결국 솔직하게 쓰는 게 답이었다.

남이 들으면 별것도 아닌 사건인데, 정작 당사자는 쉬운 것이 없다. 하지만 과거가 있기에 지금의 내가 있다. 지난 일들을 후회하며 살기보다는, 예전으로 돌아가기를 바라는 것보다는, 현재에 충실히 살고자 하는 이유이다.

이 책의 결론은 제목에 다 있다.

"나이답게가 아니라 나답게."

나이는 숫자에 불과하다지만 현실은 그렇지 않다. 나도 오십이 넘어 육십이 되면서 체력이 확 떨어지는 것을 느낀다. 그래도 열심히 운동하고 즐겁게 살기 위해 노력한다. 무조건 '젊게 살기'가 아니라 '내가 원하는 방향으로 살기' 위해서.

죽음학 공부를 하고, 인생 리셋 프로그램을 만들고, 강의를 하며 매일 생각한다. 오늘이 얼마나 소중한 시간인지 말이다. 앞으로 하루를 더 살든 몇십 년을 살든 오늘을, 의미 있는 삶을 살고자 한다.

독자들에게도 이 책을 읽는 지금이 의미 있는 시간이 되길 바라는 마음으로 쓴다. 이제, 다음 책은 무엇에 관하여 쓸지 고민을 시작해야겠다.

P.S : 혹시 글 중에 '이거 내 얘기인가?' 하는 분들이 있다면 미리 양해를 구합니다.

차례

2장

버려야 할 것과
시작해야 하는 것

4장

흔들림에
유연해지기 위하여

1장

꽤 괜찮은 나이를
맞이했습니다

어쩌다
오십

어쩌다 보니 오십이 되어 있었다. 이십 대에는 멋모르고 살았고, 삼십 대는 아이를 돌보며 일하느라 정신없이 보냈다. 사십 대에는 크고 작은 사건 사고가 잦았다. 이리 치이고 저리 치이다 오십이 되었고, 그 후로 몇 년이 눈 깜짝할 사이에 지나갔다. 이제는 환갑이 눈앞에 보인다.

내가 태어난 1960년대에는 우리나라 기대수명이 고작 오십이었다. 시간이 흐른 지금, 우리나라 여성의 기대수명은 86세이다. 미국이나 유럽에 비해 가파르게 상승하고 있다. 그만큼 최근 들어 '백 세 시대'라는 말을 지겹게 듣지만 잘 와닿진 않는다. 내가, 아니 당신이 지금 오십이라면 지금까지 살았던 만큼을 앞으로 더 살 수도 있다는 말이다.

공자는 삼십은 이립(而立), 사십은 불혹(不惑), 오십은 지천명(知天命)이라고 했다. 과연 나는 그런 단계를 다 지나왔을까. 오십이 지나 육십을 바라보는 나이가 되니, 비로소 불혹을 마주하는 느낌이다. 나의 마흔은 불혹은커녕 매일 유혹과 갈등에 흔들리는 시기였다. 그래서인지 이제야 내가 하고 싶은 일에 집중하고, 세상의 시선으로부터 자유로워졌다. 물질적인 유혹도 멀리하게 되었다. 내 삶의 기준들을 내가 정할 수 있게 된 것이다.

스물아홉, 아이가 유치원에 가면서부터 주얼리숍을 시작했다. 삼십 대 중반이 되어서는 디자인 대학원에 들어갔다. 미국에 6개월 체류하는 동안 보석 감정 자격증을 따긴 했지만, 사회학과를 나와서 주얼리숍을 한다는 것이 뜬금없어 보였다. 제대로 공부해서 나만의 디자인을 만들고 싶었다. 머릿속에 있는 디자인을 실제로 그리기 위해서 주얼리 학원을 찾아갔고, 보석 렌더링을 배웠다. 이후 포트폴리오를 만들어서 대학원에 진학했다. 졸업 후에는 갤러리를 운영함과 동시에 대학에서 장신구의 역사를 가르치기 시작했다. 욕심도 많고 꿈도 많았다. 공부하며 강의와 일을 병행했다. 집안일도 혼자 했다.

그때는 몰랐다. 원하는 것이 많으면 흔들릴 수밖에 없다는 것을.

사십 대는 매 순간이 유혹이었다. 성공하고 싶으면서도 쉽게 살고 싶은 마음도 있었다. 주얼리를 만들고 가격을 정할 때마다 갈등을 느꼈다. 매일 손님을 마주할 때마다 마음속이 일렁였다. 조금 더 받을까, 조금 깎아줄까. 그러다 깎아주고 나서 후회한 적도 있었다. 그렇게 주얼리숍을 20년쯤, 갤러리를 10년쯤 하고 나서 모든 사업을 그만두었다. 그때쯤 결혼 생활도 끝이 났다.

그러면서 인생의 짐도 하나둘 내려놓기 시작했다. 경제적으로는 불안해졌지만, 그럴수록 마음은 편해졌다. 그제야 유혹에서 조금씩 벗어나게 되었다. 무엇을 이루는 것보다는 어떤 사람이 되어야 하나 고민했다. 어떻게 살다가 죽어야 하는지 말이다.

공자님 말씀대로라면 지천명을 이미 깨달았어야 마땅한 나이인데, 내가 이 세상에 태어난 소명이 무엇인지 알기에는 여전히 이르다고 생각한다. 이제야 슬슬 내가 왜 태어났는지, 왜 사는지 찾아가는 길이다. 요즘은 평균 수명이 길어지고 신체 나이도 옛날 사람들보다 삼십 퍼센트 정도는 젊게 살고 있으니, '공자님 가라사대' 라이프 사이클을 조금 수정해도 되지 않을까.

누구에게나
그런 순간이 온다

어릴 때 보던 세상과 크면서 보는 세상이 다르기 때문일까. '인생에서 정말 중요한 것이 뭐지?' 하는 의문이 들고 걸어온 삶을 완전히 다시 생각하게 되는 순간이 있다. 인생의 반환점을 돌다가 갑자기 생각이 달라져서 목표를 바꾸게 되는 순간 말이다. 하긴, 처음부터 끝까지 정해진 경로로 내달릴 수 있다면 그것은 인생이 아니겠지만. 나의 경우엔 사십 대 후반에 그런 일들이 한꺼번에 닥쳐왔다.

2005년, 나의 버팀목이던 아버지가 돌아가셨다. 그리고

2007년, 동생도 세상을 떠났다. 두 번의 장례를 치르며 나는 나를 잃어버렸고, 또 다른 나를 찾아야만 했다. 그리고 그다음 해 이혼을 했다.

그렇게 폭풍 같은 사십 대가 지나갔다. 힘들다, 어렵다, 말할 새도 없이 오십을 맞았다. 그때부터 혼자 살기 위한 몸부림이 시작되었다. 산다기보단 하루하루 버티기가 시작되었고, 아무도 대신 살아줄 수 없는 것이 인생임을 알았다.

사람들은 요즘 세상에 이혼이 무슨 문제냐고 대수롭지 않게 말했지만, 내가 그 경우가 되어보니 쉬운 일은 아니었다. 아직 아들 장가도 안 보냈는데 행실을 똑바로 해야 한다고 경고를 날리는 선배도 있고, 남들 입에 오르내리면 좋을 게 있겠느냐고 점잖게 충고하는 친구도 있었다. 위로의 말들이 고마웠지만 힘이 들었다. 혼자서도 잘 지낼 수 있는 것과 내가 괜찮은 것은 달랐다.

나는 어릴 때부터 혼자 노는 아이였다. 그래서 외로움이라는 것을 잘 몰랐다. 동생이 신체장애가 있어서 엄마는 동생을 뒷바라지하느라 항상 바쁘셨다. 그런 엄마를 보며 나는 불평도 하지 못하고 집에서 조용히 혼자 노는 아이가 되었다. 타고난 성격도 활발하지 않아서 친구도 그리 많지 않았고, 학교에서도 있는 듯 없는 듯 지냈다.

결혼 후에는 일 중독인 남편 덕분에 자립심만 단단해졌다. 아무것도 안 하면 죄책감이 들어서 공부든 일이든 해야 했다. 하다못해 책이라도 손에 잡고 있어야 마음이 편했다. 대학원에 다니며 일하는 내 모습을 보고 어떤 사람들은 결혼 잘한 덕에 팔자 좋게 하고 싶은 대로 하고 산다고 말했다. 하지만 실상은 달랐다. 그렇게라도 하지 않으면 버틸 수가 없었다. 살기 위한 발버둥이었다. 혼자 살게 되면서 알았다. 그동안 얼마나 외롭게 살았었는지를. 그리고 혼자 잘 노는 것과 혼자 잘 사는 것은 다름을.

이제는 아무렇지 않게 이혼했다고 말할 수 있지만, 이혼 후 처음 몇 년 동안은 어떻게 말을 꺼내야 할지 몰라 안절부절했었다. 그사이 주변에서는 이상한 소문들이 들리기도 했다. 자연스럽게 인간관계도 정리되었다. 억울해서 울기도 했고 상처를 받기도 했다. 그런 것들에서 벗어나고 싶었다. 그래서 혼자 당당하게 살기 위한 도전들을 시작했다. 그렇게 오십 대를 맞이했다.

오십 대가 되어 도전한 일은 라이프 코칭이다. 다시 어떻게 살아야 할까 고민하던 시기에 코칭을 배우기 시작했고, 나이가 들고 인생 경험이 쌓이면 더 잘할 수 있을 것 같았다. 코칭은 모든 사람에게 무한한 가능성이 있다는 전제하에 잠재력을 끌어낼 수 있도록 돕는 일이다. 컨설팅처럼 답을 알려주진 않지만 질문을 통해 스스로 답을 찾게 해준다.

할머니들이 자주 하시는 말씀 중에 '너희들은 안 늙어봤지만 우리는 젊어봤다'라는 말이 있다. 그래, 지금까지 살아봤으니 아직 안 살아본 사람들에게 조금이라도 도움을 주어야지. '힘들다' 말하는 사람들에게 함께 이겨내보자고 응원이라도 해주고 싶었다.

코칭 스터디를 함께하는 한 코치가 물었다. 어떻게 그렇게 다 내려놓은 사람처럼 얘기하냐고. 나는 "내 힘으로 할 수 없는 것들이 많다 보니 그렇게 되었나 보다"라고 대답했다.

어려운 고비가 없는 인생이 있을까. 누구나 인생에 굽이굽이 사연이 있기 마련이다. 누구나 그런 순간이 온다. 지금이 바닥인가 싶은 순간. 그런데 인생이 바닥일 때 옆도 돌아보게 된다. 또 바닥을 쳐야 다시 올라갈 수 있다. 예전처럼 앞만 보고 직진하는 것이 아니라 옆도 뒤도 돌아보며 살려고 한다.

◇◇◇◇

목표 지점은 없지만

나는 지금 올라가는 중이다.

실패가 문제가 아니라

거기에서 무엇을 배웠는지가 중요하니까.

성공이 문제가 아니라

지금 어떻게 사는지가 중요하니까.

오십 대 이상인 사람들을
만나면 묻는다

"나이 들어 좋은 점이 뭐가 있으세요?"

한번은 종합병원 원장님으로 은퇴하신 선생님께 물었다.

"우선 여유가 생겼죠. 예전에는 성공만 좇느라 바빠서, 모든 게 기브 앤 테이크(Give & Take)였어요. 내가 이만큼 주면 상대 방도 그만큼 주면 그뿐이라고. 운전할 때도 너무 급하게 달리다 문득 내가 왜 이렇게 서두르나 싶을 때도 있었죠. 지나고 보니 주변 사람들에게 잘못한 것도, 미안한 것도 너무 많아요. 옆을 돌아볼 줄 몰랐던 거예요. 어디 그뿐인가요? 바깥일만 잘하면 가장으로서 책임을 다했다고 생각했어요. 아내도 의사인데, 퇴근하고 돌아오면 바로 살림과 아이들을 돌봐야 했죠. 새벽에 자다 깨면 아내가 걸레질하고 있을 때도 있었는데, 그땐 당연하게 생각했어요. 가족들에게 신경 쓰지 못한 게 후회되네요."

오십 대가 넘어가면 해야 할 일이 많이 줄어든다. 은퇴를 준비해야 하고, 원하지 않아도 사회적 의무가 끝나기도 한다. 물론 좋은 점도 있다. 시간적 여유가 생긴다. 그래서 해야 할 일보다는 하고 싶은 일을 찾아야 한다.

노후를 준비하는 모습은 다양하다. 미리 준비해둔 전원주택으로 이사를 가는 사람도 있고, 귀농을 하기도 한다. 농업대학을 다니며 농사와 주택관리에 대해 배우기도 한다. 활동적인 일이 맞지 않다면 차분한 취미 생활을 찾기도 한다. 요즘은 가까운 주민센터나 문화센터에도 다양한 클래스가 있어서 자신에게 맞는 활동을 찾으면 된다. 중요한 사실은 이러한 활동이 자신의 적성에 맞아야 하고, 건강도 허락해야 지속할 수 있다는 것이다.

질문을 드렸던 원장님도 양평군 문화센터에서 서예를 배우고 있다. 또 젊을 때 하던 드럼 연습을 다시 시작해서 동네 밴드에도 합류했다. 젊은 사람들과 밴드를 함께하는 게 힘들다고 하시지만, 멋진 인생 2막을 살고 계신다.

자연이 눈에
들어오는 나이

나이가 들수록 자연과 계절의 변화에 민감해진다.

봄이면 꽃이 피길 기다리고

여름이면 그 뜨거운 열정에 놀라고

가을이면 침착함에 가라앉고

겨울이면 혹독한 추위를 버틴다.

일생을 사계절로 따진다면 나는 가을쯤에 와 있을까. 그렇게
생각하면 조급해지기도 한다. 추운 겨울이 오기 전에 서둘러

해야 할 일을 마쳐야 할 것 같은 생각이 든다.

그런데 살아보면 겨울도 참 길지 않은가. 그러니 천천히 해도 괜찮다. 오늘은 오늘의 계절을 충분히 즐기자. 나의 완숙한 상념도, 길에 쌓여가는 수북한 낙엽도, 높은 하늘 새털구름도 아름답지 아니한가.

오십 대면 내려갈 때일까. 사람에 따라선 아직도 올라가는 중일지도 모르겠다. 확연한 내리막은 아닐지라도 오십이 넘으니 삼십, 사십 대까지는 사느라 바빠서 보이지 않던 주변이 보이긴 한다. 지나가는 길가의 작은 야생화 하나까지 옛날엔 눈에 띄지 않던 것들이다.

자연의 변화에 민감해지고
햇살 하나, 바람 하나에도 감동하는 것.
나이 들어 좋은 점 중의 하나이다.
화단에 꽃 한 송이 피기를 매일같이 기다리는 일.
이 역시 나이 들어 좋은 점이다.

마음이 고와야
여자라고?

'마음이 고와야 여자지, 얼굴만 예쁘다고 여자냐.'

갑자기 옛날 노래 가사가 떠올랐다. 그런데 가만히 가사를 곱씹어보면, 여자의 얼굴은 상관없고 마음이 더 중요하다는 말이 아니다. 얼굴은 이미 예쁘고, 마음도 착해야 한다는 거다. 정말 이기적인 남자들의 바람이 아닐 수 없다.

요즘 젊은이들은 취업 면접을 위해, 더 예뻐지기 위해 성형을 한다. 그럼 나이 든 여자들은 무엇 때문에 성형을 하고 미용 시술을 받을까. 첫 번째는 자기만족일 것이다. 슬프게도 지금은 누구한테 예쁘게 보여야 할 일은 별로 없으니까. 그래도 너무 보기 싫게 늙지 않으려고 노화 방지에 조금씩 신경을 쓰는 게 아닐까. 다행히 나는 친한 피부과 전문의가 있어서 1년에 두 번쯤은 피부과에 간다. 갈 때마다 의사 친구는 내 피부 상태가 심각해졌다고 혀를 끌끌 찬다. 꾸준히 관리해야 한다고 하지만, 쉽지 않다. 성격상 관리실 베드에 한 시간씩 누워 있는 것이 고역이기 때문이다. 간호사가 얼굴에 팩을 올려주고 불을 끄고 나가면, 마치 어둠에 갇힌 기분이다.

삼십 대부터 피부 주름과 처짐을 방지하는 보톡스나 필러를 예사로 맞곤 한다지만, 선입견 탓인지 나는 그런 시술을 한 얼굴이 어딘가 부자연스러워 보이고 편하지가 않다.

그렇다고 젊은 사람들에게 외모보다는 인성이 중요하다고 단칼에 잘라 말하기엔 현실이 그리 녹록지 않음을 안다. 면접 때 외모는 단지 얼굴 생김이 예쁜지 아닌지를 말하는 것이 아니다. 타인에게 어떤 인상을 주는지에 따라 결과가 달라지니 말이다. 오목조목 예쁘게 생겼지만 표정이나 태도가 좋지 않은 경우도 많다. 눈에 띄게 예쁘지 않아도 밝고 정이 가는 얼굴도 있다. 외모지상주의라고 무조건 비판하기에 앞서 남들에게 보이는 표정과 태도를 잘 관리하고 자기만의 매력을 찾아서 개발하는 노력이 필요한 것 같다.

나는 오십 이전부터 이미 노안이 왔지만, 시력이 좋아서 웬만한 것은 보이니까 돋보기를 쓰지 않고 버틴다. 그러다 보니 책을 읽는 속도나 양이 줄긴 했다. 흰머리도 엄청 많지만 본격적으로 염색을 하지 않는다. 자연 그대로 버틸 수 있을 때까지는 버텨보자고 작정했다. 노화 관리라는 게 한 번 시작하면 어차피 죽을 때까지 계속해야 하는 것이니 서두르고 싶지 않다. 이렇게 환갑까지 얼마나 더 견딜 수 있을지 모르겠지만.

사람의 미래는 장담할 수 없기에 나도 육십 대가 되어서 피부과가 아니라 성형외과를 찾아갈지도 모를 일이다. 각자 성향의 차이일 뿐, 노화 관리에 더 부지런을 떠는 친구들이 나쁘게 보이지는 않는다.

누구나 일정 관리에 우선순위가 있는데, 어떤 사람은 자기 관리할 시간을 빼고 약속을 정한다. 나는 밖으로 놀러가거나

무언가 배우러 다니는 것, 친구 만나는 약속이 우선이고 미용
은 제일 뒷전이다. 그냥 지금은 그렇다는 것이다.

주책의 기준은
누가 정하나

나이가 들어도 분위기 있는 카페에 가고 싶다. 오십이 넘어도, 환갑이 지나도 마음은 이십 대 그대로니까. 그래서 나는 여전히 카페를 간다. 비가 올 때는 창문이 커다란 카페에 가고, 공부하기 싫을 때는 동네 베이커리 카페를 찾는다. 글을 써야 할 때는 적당한 소음이 있는 카페로 간다. 그래야 오히려 집중이 잘 된다. 같은 이유인지는 모르겠지만 매일 노트북을 들고 작업실 대신 일하기 편한 카페로 출근하는 작가들도 많다.

카페를 정하는 몇 가지 기준도 있는데, 일단 너무 작은 곳은 안 된다. 작으면 오래 앉아 있기에 눈치가 보이니 말이다. 너무 커서 정신없고 시끄러워도 안 된다. 적당한 공간과 편안한 좌석 그리고 콘센트가 꼭 있어야 한다.

그런데 가끔 핫하다고 소문난 카페에 들어가면 뻘쭘해질 때가 있다. 이십 대 아이들로 가득 차 시끌시끌하기 때문이다. 나란히 앉은 커플도 거슬린다. 이런 생각이 들면 내가 물을 흐리고 있나 싶다. 남들은 나를 쳐다보지도 않는데, 주변을 둘러보고 눈치를 보게 된다. 젊은 친구가 나를 힐끗 보기라도 하면 괜히 주눅이 든다.

이만큼 나이가 들고 보니, 드라마를 볼 때도 여자 주인공의 엄마 역할에 자연스레 시선이 간다. 마음은 아직 멜로 드라마의 주인공이고 싶은데 말이다. 내가 여주인공인 듯 몰입하는 것이 이상할까? 남자 주인공의 대사 하나하나에 설레고 가슴이 콩닥거리면 주책일까?

나는 여주인공의 엄마 역할에는 감정이입이 잘 안 되지만, 가끔 아들을 둔 엄마가 이해될 때는 있다. 딸이 없고 아들만 있어서 그런가 보다. 그렇다고 심술궂은 시어머니 역할에 공감이 가지는 않는다. 절대로.

외모에 집착하지 않고 나이에 맞게 곱게 늙는 것이 희망 사항이지만, 그렇다고 너무 트렌드에 뒤처지거나 세상 뒤편으로 숨어서 살고 싶지는 않다. 어디까지가 적절한 것일까 생각해봐도 정답은 없다.

눈치 보지 말고 하고 싶은 것은 하고, 가고 싶은 곳은 가면서 살자. 적절함의 기준은 내가 정하는 것이다. 내가 생각해도 너무 과하다 싶을 땐 조금 참으면 된다. 이렇게 다짐하며 속마음을 들춰내본다.

'혹시 내가 주변에 민폐가 될 정도라면, 누가 좀 말려줘요.'

연인에서

친구로

3년 전, 새로운 책을 준비하며 무엇을 써야 할까 고민하다가 '오십 대 도전기'라고 주제를 정했다. 그러고는 내가 지금 하고 있는 일들을 솔직하게 써보기로 했다.

"글쓰기, 운동, 플라멩코, 그림 그리기, 그리고…."

내 이야기를 듣던 수필 선생님이 말씀하셨다.

"하나가 빠졌잖아. 사랑!"

선생님께서는 '사랑'에 대해서는 꼭 써야 한다고 강조했다. 나는 잠시 고민하다가 대답했다.

"사랑은 혼자 하는 것이 아니라서요…."

상대방의 입장도 있으니 연애 스토리는 빼기로 했지만, 사랑에 대한 나의 생각을 솔직하게 얘기할 수는 있을 것 같았다.

중년 이후의 사랑은 이십 대의 사랑처럼 열정적이지 않을지도 모른다. 물론 그것도 개인 성향에 따라 다르다. 나는 나이가 들어도 사랑은 기본적으로 에로틱한 것이라고 생각한다. 좋으면 안고 싶고 만지고 싶고, 그게 당연한 본능 아닐까.

그렇더라도 세월이 가고 서로 이해가 깊어지면, 에로틱하지 않아도 사랑을 할 수 있다. 서로에 대한 믿음이 생기기 때문이다. 부부가 20, 30년 살다 보면 서로 소원해지기도 한다. 대부분 농담처럼 '가족끼리 그러는 거 아니야'라고 얘기하지만, 사실 들여다보면 농담이 아니다. 연인 사이도 마찬가지이다.

오십 대를 지나오며 연애를 한 발짝 물러나 바라볼 수 있게 되었다. 결혼과 이혼을 모두 경험했기에 또다시 실수를 하고 싶지 않다. 사람에게 집착하거나 구속하지 않고 그냥 놓아두자 싶다. 부부도 저마다의 스타일이 있듯이 서로 모든 것을 공유하고 다 알아야 하는 커플도 있고, 각자의 인생을 추구하는 커플도 있다. 결혼이라는 법적 구속이 없으니 관계가 자유롭기도 하고 불안하기도 하다. 구속이 없는 대신 서로에 대한 약속과 배려는 더 잘 지켜야 한다.

세상이 내 맘대로 되지 않는다는 것을 조금씩 깨닫는 중이다. 사람 인연도 그렇다. 그래서 이제는 굳이 내가 결정하려 하지 않고 흘러가는 대로 두려고 한다.

핑크빛 사랑만 사랑이 아니고, 뜨거운 사랑만 사랑이 아니다. 나이가 육십이 되고 칠십이 되어도 나는 사랑하고 싶다. 눈을 감을 때까지 사랑해야 한다.

◇◇◇◇

나이가 드니

사람도, 사물도, 그리고 세상도

조금 멀리서 바라볼 수 있게 되었다.

거리를 두니 그리 뜨겁지 않다.

내 일도 남의 일처럼 바라볼 수 있는

여유가 생겼다.

내가 곧
육십이 된다면

10년 전 같이 코치 자격증을 따고 매달 스터디 모임을 하고 있는 코치님에게 나이 듦의 좋은 점이 있냐고 물었다. 잠시 뒤, 답이 왔다.

* 봄이 예뻐 보인다.
* 감사한 마음이 늘어난다.
* 욱하는 일이 적어진다.
* 돈이 덜 든다.
* 예뻐 보이지 않아도 좋다.

* 식탐이 줄어든다.

* 나를 야단치는 사람이 적다.

* 내가 좋아하는 걸 안다.

* 내가 싫어하는 걸 안다.

* must should가 적어진다.

평상시 성격대로 아주 분석적이다. 모두 공감 가는 내용이다. 그중 하나, '식탐이 줄어든다'는 것만 나와 다르다. 오십 대가 되고 나이와 체중이 해마다 비례해지더니, 요즘은 다이어트가 최대 관심사가 되었으니 말이다. 이러다가 나이와 체중이 같아지는 건 아닐지 걱정이다. 사십 대까지만 해도 체중이 크게 변하지 않아서 늘어나는 몸무게에 잘 적응하지 못했다. 그러다 오십 대 중반이 되니 늘어난 숫자에 익숙해지고 점점 포기가 된다. 그냥 이렇게 나이가 들어가면 되나 싶기도 하고.

살을 빼는 것이 문제가 아니라 건강을 관리하고 유지하는 것이 더 중요하다. 그래서 건강식 위주의 식단을 짰고, 운동을 시작했다. 몸도 마음도 조금은 가벼워지는 느낌이다.

◇◇◇◇

외모를 치장하는 것보다는

내면을 돌보는 데 관심을 가지게 된다.

그래야 내가 하고 싶은 일에 집중할 수 있으니.

아마추어
작가

내가 생각하는 아마추어와 프로는 실력의 차이가 아니다. 그것으로 돈을 버는지, 대가를 받을 수 있는지 하는 것이다. 그런 의미에서 나는 영원히 아마추어 작가일지도 모른다. 지금까지 두 권의 책을 출간했고, 이번이 세 번째가 되겠지만 글쓰기로 돈을 벌어 먹고살 능력이 없으니 말이다. 그렇다고 그림을 팔아 살아가는 것도 아니다.

어떤 사람은 나에게 말한다. 지금 그대로도 먹고살 만해 보이는데, 왜 그렇게 책을 팔려고 애쓰냐고. 그런데 나는 아직 베스트셀러 작가가 못 되어서 인세로 먹고살 수 없다. 그래서 가끔 강의도 해야 하고, 다른 일도 겸해야 한다. 그럼에도 작가로 살며 글쓰기를 지속하고 싶다. 다른 이유는 없다. 글을 쓰는 일은 이미 내 삶의 한 부분이기에. 물론 출판사로부터 여러 번 원고를 거절당해 속상할 때도 많지만, 그동안 단련된 덕분에 좌절하지는 않는다.

몇 년 전, 내가 첫 번째 책을 냈을 때는 사람들이 나를 '작가'라 부르는 호칭이 불편했다. 두 번째 책을 내고도 '작가님'이라 불리는 것이 편하지 않았지만, 다른 호칭이 없으면 그냥 그렇게 부르게 둔다. 언제쯤 되어야 스스로를 작가라 받아들일 수 있을지 모르겠다.

요즘 아마추어 작가가 가장 많은 분야는 사진일 것이다. 디지털 카메라가 대중화되면서 누구나 쉽게 배워 다룰 수 있기 때문이다. 그래서 퇴직 후에 사진 찍기를 배워서 전시를 하기도 한다. 어떤 사람들은 프로 작가보다 작품이 더 많이 팔린다. 화려한 인맥 덕분이긴 하지만, 때론 그들의 작품이 더 훌륭한 경우도 있다. 그렇더라도 몇 년 배운 실력으로 대단한 작가인 양

거드름을 피우는 것을 보면 왠지 모르게 불편하다. 최소한 평생 한길로 작품 활동을 해온 작가들에 대한 존경심은 있었으면 좋겠다.

아마추어로 시작해 세계적인 작가로 성공한 경우도 꽤 있다. 그림을 배운 적이 없어도 아름다운 작품을 많이 남긴 화가도 있고, 백 세 할머니가 멋진 시집을 내어 화제가 되기도 했다.

그림 실력이 한참 아마추어지만, 나는 내 책에 들어갈 삽화를 직접 그리고 전시도 했었다. 개인적으로, 특히 그림은 잘 그리는 것이 중요하지 않다고 생각한다. 내가 미술을 전공한 것도 아니고, 성격상 남들처럼 꼼꼼하게 그리지 못해서 하는 변명일 수도 있다. 그냥 똑같이 그리려면 사진을 찍지, 왜 그림을 그려야 하냐고 우길 때도 있다. 당당하다 못해 뻔뻔스럽기까지 하다.

내가 하고 싶은 일을 하는데, 남이 뭐라 하는지는 중요하지 않다. 그들에게 돈을 받고 하는 일이 아니다. 조셉 켐벨은 《신화와 인생》이란 책에서 '남이 나를 어떻게 볼까를 생각하는 순간 행복이란 없다'고 말한다. 월급을 받고 다니는 회사도 아니고,

내 돈과 시간을 투자해서 하는 일에 남의 평가를 신경 쓸 필요가 있을까. 물론 좋은 평가를 받으면 만족감이 크고 더 기쁘기도 하겠지만, 좋은 평을 듣지 못하더라도 상처받지 말고 내가 하고 싶은 일을 하는 것이 더 중요하다.

느리게
살기

나이가 들고 일에 쫓기지 않게 되니 시간에서 자유롭다. 스케줄에 매여 불안하게 살던 삶에서 조금씩 벗어나기로 한다. 수업 시간에 맞춰 정신없이 달려갈 필요도 없고, 퇴근 시간을 기다릴 필요도 없다.

그런데 퇴직자들이 가장 힘들어하는 것이 남는 시간이다. 회사에 다닐 때는 그렇게 기다리던 자유 시간인데, 막상 시간이 생기니 무엇을 어떻게 해야 할지 몰라 한다. 심하면 공황 장애가 오기도 한다는데, 그냥 넘길 일은 아닌 듯하다.

시간의 여유를 누리려면 준비가 필요하다. 경제적으로 여유로워서 노후 대책을 충분히 마련했어도 삶을 여유 있게 보내는 것은 아니다. 자신이 좋아하는 것이 있어야 하고, 지속할 수 있어야 한다. 좋아하는 것이 없다거나 해보고 싶은 것이 없다고 하는 사람이 많은 것을 보면, 취미 생활도 아무나 하는 것은 아닌가 보다. 그러니 미리 찾아봐야 한다.

내가 어떤 사람인지, 무엇을 좋아하는 사람인지 지금부터 생각해보자. 대부분 취미가 무엇이냐 물으면 독서와 음악 감상을 말할 것이다. 아마도 쉽고 만만하기 때문이겠지만, 그중 진짜 책 읽기를 좋아하는 사람이 얼마나 될까. 혼자 음악을 틀고 책 읽기를 즐기는 사람이 정말 많을까.

그런데 독서도 취미가 되려면 갑자기 되지 않는다. 책을 고르는 것도 연습이 필요하다. 어떤 책을 읽어야 할지 미리 공부하고 조사해야 한다. 그래야 내 취향에 맞는 책을 선택할 수 있다. 음악도 마찬가지이다. 많이 들어봐야 내가 좋아하는 음악이 발라드인지 댄스인지 혹은 어느 가수의 음악인지 찾을 수 있다.

요즘은 동네 서점에 회원가입을 하면 한 달에 한 번 정도 책을 골라서 보내주는 서비스가 생겼다. 가끔은 저자 북토크에도 참여할 수 있고, 다양한 책 관련 소식도 전해들을 수 있으니 혼자 책을 고르기 힘든 사람이라면 한 번쯤 이용해봐도 좋겠다.

독서가 좋은 이유 중에 하나는 혼자 있는 시간을 즐기게 해준다는 점이다. 혼자 있는 시간을 즐길 수 있어야 삶도 여유로워진다. 고독은 스스로 선택할 수 있다. 고독이 인간을 철학 하게 만들고, 문학을 이해하게 한다고 생각한다. 직접 못하더라도 책을 통해서 철학도 할 수 있고 문학도 만날 수 있다. 그만큼 나에게 충실할 수 있다는 말이다.

코로나19로 집에 있는 시간이 많아지면서, 혼자 놀기가 더욱 필요한 시절이 되었다. 집에 혼자 있을 때 무엇을 하면 행복한지 떠올려보자. 예전에는 혼자 미술관도 가고 음악회도 갈 수 있었는데, 요즘은 쉽게 밖으로 나갈 수가 없으니 집에서 혼자 노는 법을 연구해야 한다. 작가들은 어차피 혼자 하는 일이 많아서 혼자 놀기의 달인이지만.

나는 주로 책을 읽거나 글을 쓴다. 글이 쓰기 싫으면 그림을 그리기도 한다. 아니면 음악을 틀어놓고 졸기도 하고. 요즘은 인터넷 방송이나 넷플릭스 등 다양한 플랫폼의 볼거리가 많아서 시간 보내기가 어렵지 않다. 밤새 미드를 보고, 다음 날 후회하기도 일쑤다. 코로나19가 당분간 지속될 듯하니, 지나버린 시간들이 아깝지 않도록 집에서 할 일을 다시 잘 찾아봐야겠다.

라떼는
말이야

"라떼는 말이야~"

내 입에서는 이 말이 절대 나오지 않았으면 좋겠다. '나 때'라는 말과 어감이 비슷해서 생긴 신조어로 나이가 많은 사람이 젊은 사람에게 혹은 자신보다 나이가 적은 사람에게 주저리주저리 말하는 모습을 빗대 표현한 말이다. 기성 세대가 '나 때는 말이야'라고 하는 것을 살짝 비꼬아 '라떼는 말이야'라고 한 데서, 꼰대를 지칭하는 은어로 쓰이기도 한다. 어느 라디오 프로그램에는 '라떼는 말이야' 코너도 생겼다. DJ와 게스트가 나와서 옛날이야기를 하고 시청자들의 사연도 받아 소개한다. 연탄

갈던 이야기, 연중행사로 대중목욕탕에 가던 이야기 등등. 어릴 때 할머니한테 들었을 법한 옛이야기들이 나오기도 한다.

비슷한 뉘앙스의 말로 '왕년에'가 있다. "내가 누군지 알아? 왕년에 내가 ○○ 하던 사람이야"라며 현재 내세울 것 없는 아저씨들이 주로 '왕년'을 부르짖는다. 라떼를 추억으로 얘기하는 정도는 귀엽게 봐줄 수 있지만 '왕년'은 다르다. '왕년'을 들먹이는 꼰대는 더더욱 되고 싶지 않다.

'요즘 젊은 것들은'이란 말이 로마 시대부터 있었다고 하니, 하루가 다르게 변해가는 요즘은 오죽할까. 쌍둥이도 세대 차이가 나는 세상이라는데, 괜한 가르침이나 말로 젊은이들한테 치일 필요 없지 않은가. 어리다고 가르치려 말고 나대로 당당하게 살면 된다. 그러자면 하지 말아야 할 말들이 있다.

"나이 들어서…"

"나이가 드니…"

"이 나이가 되니…"

"너도 내 나이 되어봐라."

일단 '나이'라는 단어가 입에서 자주 나온다면 이미 나이가 들었다는 의미이다. 또 그것은 나이를 의식하고 있다는 증거이기도 하다. 내가 하고 싶은 것을 하지 못하고 머뭇거린다면, 나이 때문이 아니라 나이를 의식하는 마인드 때문일지도 모른다.

열량이 높아서 라떼는 잘 마시지도 않는데, 이제 그만 '라떼'는 놓아주자. 과거에 연연하지 말고 현재를 살자. 깔끔하게 아메리카노 마시며. 아니, 아아(아이스 아메리카노)를 마셔야 하나? 난 핫한 커피가 좋은데.

이제야 부모가
되어간다

자식을 낳아봐야 부모 마음을 안다고 한다. 자식이 속을 썩이면 엄마들은 말한다. 꼭 너 같은 자식 낳아보라고. 그런데 정작 나는 아들을 낳았어도 부모 마음을 다 헤아리지 못했고, 엄마와 다르다고 생각했다.

갈수록 세상은 너무 빨리 변하고 세대 차이는 커진다. 우리 부모님 세대는 일제 시대와 한국 전쟁까지 험난한 격변의 시대를 살아냈다. 먹고사는 일이 바쁘고 성공이 최고의 가치였다. 물론 지금도 그렇게 사는 것이 옳다고 믿는 사람도 있겠지만, 옛날보다는 인생에 대한 선택의 폭이 조금은 넓어졌다. 남이 원하는 인생보다 내가 살고 싶은 대로 살 수 있는 자유가 생겼다.

어느 날, 사십 대 초반의 후배가 나와 자기가 많이 닮았다고 이야기했다. 내가 보기엔 그 친구는 너무 예쁘고 똑똑해서 비슷한 데라고는 없어 보이는데 말이다. 나는 일찍 태어나서 부모가 원하는 인생을 살았지만 후배는 아니다. 자유로운 세상에서 자신이 선택한 삶을 살 수 있으니, 지금이라도 늦지 않았다.

이삼십 대를 지나 오십 대가 되어서야 조금은 내가 원하는 대로 살 수 있었다. 아마 이혼한 후로 세상의 잣대를 좀 더 내려놓았기 때문일 것이다. 물론 이혼 전보다 경제적으로는 많이 어려워졌지만, 그래서 더 홀가분하게 살 수 있는지도 모르겠다. 바람이 있다면, 세상 사람들의 눈 따위 의식하지 않고 내가 정한 기준대로 살고 싶다.

친정엄마와는 성격도, 가치관도 너무 달라서 자라면서 한 번도 얘기가 통한 적이 없었다. 지금도 엄마의 모든 생각에 동의하지 않지만, 여자로서 이해되는 부분이 있다. 젊었을 때 알 수 없던 부모님 세대의 삶이 조금씩 이해되어간다. 그 시대에는 그렇게 살 수밖에 없었겠다고, 알아가는 중이다.

어린아이를 먹이고 입히고 가르치는 것만이 부모의 역할은 아닐 것이다. 아들은 이미 다 자라 서른이 훌쩍 넘었지만, 요즘은 아들과 대화하며 같이 세상을 배워간다. 그 시간이 참 좋다. 이제야 어떤 부모가 되어야 할지 알 것도 같다. 조금이나마 부모님의 마음도 헤아려진다.

◇◇◇◇

나이 듦의 좋은 점 중에 하나는

부모를 알아간다는 것이다.

부모의 나이가 되어가며

많은 것을 배운다.

2장

버려야 할 것과

시작해야 하는 것

재즈를
노래하다

나는 노래를 못한다. 노래에는 영 소질이 없어서 송년회나 노래방에 가면 그 시간이 고역이었다. 지금도 여전히 노래 잘하는 사람이 제일 부럽다. 아마 내가 노래를 잘했으면 재즈를 배우러 가지 않았을 것이다.

우울하다는 후배를 도와주려고 뭔가 즐거운 일을 찾다가 재즈를 같이 배우기 시작했다. 일주일에 한 번 연구실에 가면 선생님이 AR, MR을 녹음해주었다(반주만 있는 게 MR이고 노래가 함께 있는 게 AR이다). 노래를 듣고 공부하는 건 한 시간쯤이고, 나머지 시간은 수다를 떨다가 지나갔다.

노래를 할 때는 머릿속에 무슨 일이 있어도 다 잊어버릴 수 있었다. 일주일 동안 녹음한 것을 듣고 연습해서 내 것으로 만들어가야 하는 것이 힘들긴 했지만, 노래는 나에게도 활력소가 되었다. 집안일로 스트레스가 많던 후배도 일주일에 한 번씩은 숨을 제대로 쉬는 것 같다며 좋아했다.

재즈는 노래와 마찬가지로 음정과 박자를 지켜야 하지만, 보컬의 개성에 따라 다르게 부를 수 있는 폭이 넓다. 다양한 편곡과 애드립이 가능하기 때문이다. 내 목소리에 맞는 노래를 고르고, 내가 원하는 변화를 줄 수 있다. 나는 남들처럼 목소리가 예쁘지도, 고음이 잘 올라가지도 않지만, 그래도 나만의 개성으로 부를 수 있었다. 너무 감정을 잡다가 좀 오버해도 그게 멋으로 이해되는 것이 재즈였다.

그렇게 6개월쯤 재즈 공부를 하다가 일이 터졌다. 선생님께 노래를 배우던 몇 사람이 연말 파티 삼아 공연을 하자고 나선 것이다. 처음에는 각자 친구들을 불러 송년회 하는 셈 치고 맘 편하게 해보자며 시작했지만, 준비를 하다 보니 일이 커졌다.

작은 공연이라도 큰 무대와 다름없이 밴드, 조명, 기본적인 홍보 인쇄물까지 모든 게 필요했다. 비용도 문제지만 무대 위에서, 사람들이 보는 앞에서 노래를 해야 한다는 부담감이 점점 커져 갔다. 공연 한 달 전쯤, 팸플릿이 나오고 그 안에 인쇄된 내 모습을 보니 백이십 명의 관객 앞에서 노래해야 한다는 사실이 비로소 실감이 나기 시작했다.

일곱 명의 멤버가 좋아하는 노래를 두 곡씩 골라서 부르기로 하고, 선생님과 의논해서 준비를 마쳤다. 나는 감정 기복이 별로 없는 편이라 노래 연습을 하면서도 듣는 사람에게 내 감정이 잘 전달되지 않는 것 같아 답답했다. 선생님이 가르쳐주는 대로 애교 있게 부르고 싶었지만, 마음처럼 쉽지 않았다. 어쨌든 마지막 한 달 동안은 내가 불러야 할 노래 두 곡을 반복해서 연습했고, 자다가도 벌떡 일어나 부를 수 있는 정도가 되었다. 같은 곡을 그렇게 많이 불러보기는 처음이었다.

드디어 공연 날. 나는 아침부터 서둘러 미장원에 가서 안 하던 화장을 진하게 하고 머리도 길게 붙여서 묶었다. 좋아하지 않는 드레스 대신 여성용 턱시도를 입었다. 내가 봐도 깜짝 놀랄 만큼 야한 여자가 거울 속에 있었다. 빨간 탑에 새빨간 립스틱이라니! 함께 무대에 오를 멤버에는 나비넥타이를 맨 의사도 있고 은색 스팽글이 반짝이는 드레스를 입은 친구도 있었는데, 모두 가수 못지않게 멋있는 모습이었다.

공연 시간이 다가오자 관객석이 하나둘 차기 시작했다. 나를 포함한 출연자들은 긴장한 탓에 무대 밖에서 왔다 갔다 어쩔 줄을 몰라 했다. 그런데 신기하게도 그 긴장감이 싫지 않았다. 두려움보다는 기분 좋은 기대와 설렘 같은 게 온몸에 퍼졌다. 내 순서가 되어 무대에 올라갔는데도 정말 이상하리만치 떨리지 않았다.

첫 곡은 〈러브레터〉라는 1950년대 노래였다. 노래를 시작하자 사랑하는 사람을 기다리는 여인의 애타는 심정을 그린 가사 내용에 점점 빠져들기 시작했다. 빠른 노래를 할 때는 내 안에 있는 흥을 다 꺼내서 신나고 섹시하게 연기를 해보기도 했다. 엔딩 부분에선 밴드에 맞춰 손을 흔들며 한껏 소리를 질렀다. 가슴이 뻥 뚫리는 기분이었다.

재즈를 부르며, 나도 모르던 내 안에 숨은 끼를 발견하기도 했고, 억눌렸던 감정들을 폭발시키기도 했다. 마치 일상의 짐을 훌훌 털어버리고 탈출구를 찾은 듯한 해방감이 느껴졌다. 시작 전 너무 떨려서 가사를 잊어버리면 어쩌나 했던 걱정과는 달리, 객석에 앉은 사람들과 자연스레 눈을 맞추며 노래를 해냈다. 노래가 끝나면 관객들에게 내 소개와 곡 설명도 하고, 웃으며 인사도 건넸다. 능청스럽게 책 홍보까지 했다.

'나는 원래 노래를 잘하는 사람이 아니니까, 가수도 아니니까, 그냥 즐겨야지'라는 마음으로 무대에 올라갔고, 다행히 실수 없이 무대를 마쳤다. 돌이켜보면 내가 노래를 잘해서도 아니고 자신감이 있어서도 아니었다. 아마도 욕심을 내려놓았기 때문이리라.

앞으로 살면서 다가올 큰일들도 그렇게 마음을 비우고 하나씩 해나간다면 어렵지도 않을 것 같다. 또 하나의 도전이 무사히 끝났다.

◇◇◇◇

노래를 잘하는 사람이 항상 부러웠다.

재즈를 잠깐 배운다고 노래를 잘하게 되는 건 아니다.

그럼에도 불구하고 무대에서 노래를 불러본다는 것은

내가 부러워하는 사람이 되어보는 일이기에

무엇보다 값진 경험이다.

영원히 초보인
플라멩코

무용에는 별로 소질이 없지만, 운동 삼아 지루하지 않게 할 수 있는 것을 찾았다. 장르는 플라멩코였다. 플라멩코의 강렬함이 인상에 남아서였다. 멀지 않는 동네에 전문 학원이 있어서 그곳을 찾아가보기로 했다. 처음 상담하던 날, 수업을 구경하거나 함께 해도 된다는 말에 초급반 수업에 들어가게 되었다. 그러느라 첫날에 신발을 사버렸다. 비싼 플라멩코 신발을 샀으니 안 할 도리가 없게 되었다. 그렇게 일주일에 두 번, 초급반을 다니기 시작했다.

그 무렵, 예술의전당 아카데미에 플라멩코 과정이 생겼다. 한

학기 동안 안무 하나를 완성하는 수업이라 성과도 있고 재미있을 것 같았다. 수업하는 15주 동안 초보자가 안무 한 곡을 마스터하기란 쉬운 게 아니다. 한 가지 문제는, 학기가 끝나면 학기 말 공연에 참여해야 한다는 것이었다. 이러한 사실을 알고도 나는 아카데미를 신청했다.

가을 학기가 끝나고 12월 초, 예술의전당 내 작은 강당에서 첫 번째 플라멩코 공연이 열렸다. 일종의 학기 말 발표회 같은 행사였지만, 난생처음 드레스를 맞춰 입고 긴 눈썹을 붙이고 머리에 꽃을 달았다. 미치지 않고서도 공식적으로 머리에 꽃을 꽂을 수 있다는 것! 그것은 정말이지 내가 플라멩코를 배우게 된 이유 중 하나였다.

플라멩코를 배운 지 얼마 되지 않았고, 처음으로 한 곡을 완성하는 것이라 순서만 틀리지 않으면 다행이려니 생각하며 편하게 무대에 올랐다. 이번에도 무대에 오르기 직전의 떨림이 좋았다. 내가 무대 체질인 줄을 진작 알았으면 젊을 때 다른 직업을 알아볼 걸 그랬나 싶을 정도였다.

이후 1년간 예술의전당에서 수업을 들었지만, 학기마다 초급부터 다시 시작하는 탓에 실력이 그리 늘지 않았다. 그래서 다니던 학원의 전문가반에 등록해 실력을 좀 더 업그레이드시켜보기로 했다. 전문가반에는 삼십 대부터 사십 대 중반쯤 된 친구들을 포함해 나까지 여섯 명이 있었는데, 내가 최고령이었다. 그중엔 발레를 전공한 사람도 있고, 전문가반이다 보니 다들 실력도 월등했다. 나는 잘하는 것은 고사하고 다른 멤버들에게 민폐가 되면 안 되겠다는 생각으로 열심히 했다. 체력이 나쁜 편은 아니었지만, 아무래도 젊은 친구들보다 배우는 속도가 느렸다. 박치는 아니지만 거의 몸치에 가까운 내가 너무 어려운 춤을 골라서 곤혹을 치르기도 했다. 학교 다닐 때도 무용은 질색이었는데, 어쩌자고 오십이 넘어서 플라멩코를 시작했는지… 뒤늦게 후회도 밀려왔다.

언젠가 심리상담가인 후배가 '춤으로 힐링하는 라이프 코치'라는 제목으로 심리학 칼럼을 쓰고 싶다며 인터뷰를 하러 왔었다. 함께 얘기를 나누며, 나는 내가 왜 많고 많은 것 중 플라멩코를 하게 되었는지를 다시 생각해보았다. 이유는 이렇다.

첫째는 운동 삼아 춤을 배울까 시작했는데, 플라멩코는 동작이 힘든 만큼 운동량이 많다. 팔동작이 크고, 발동작도 빠르고 많아서 근력과 유산소 운동이 동시에 가능하다. 둘째는 가장 중요한 이유인데, 남자 파트너가 없이 혼자서 춤출 수 있다는 점이다. 탱고는 음악은 좋아하지만 춤을 배우려면 파트너가 필요해서 제외했다. 라틴댄스나 스포츠댄스도 대부분 남자와 함께 호흡을 맞춰야 하는데, 같이할 사람도 없고 적성에도 맞지 않았다. 셋째는 다른 춤에 비해 전문적인 공연예술에 가깝다는 점이다. 다른 춤을 추는 전문가들도 플라멩코를 배우는 데는 시간이 걸린다고 한다. 그만큼 어렵고 장르도 다양하다. 마지막으로 중요한 이유는 (앞서 잠깐 언급했듯) 머리에 꽃을 꽂을 수 있다는 것이다. 물론 그 이유로 시작한 것도 아니고 항상 머리에 꽃을 꽂는 것도 아니지만, 인터뷰 중에 불쑥 튀어나온 내 말이 마음에 들었다.

"미치지 않고도 마음대로 머리에 꽃을 꽂을 수 있다는 사실이 마음에 들어."

참으로 매력적인 이유가 아닌가!

아무튼 플라멩코를 시작한 지도 이제 벌써 3년째다. 이쯤 되면 남 보란 듯 잘 춰야 정상일 텐데, 지금은 다시 초급반에 다니고 있다. 작년에 수업을 너무 많이 빠졌더니 실력이 부족해 안무를 매주 배우는 전문가반의 진도를 따라갈 수가 없었다. 그래서 맘 편히 다시 초급부터 시작했다. 두어 달마다 한 번씩 역마살이 동해서 어딘가로 날아다니다 보니 실력은 늘 그대로다. 이러다 평생 초급반에만 머물지도 모르겠다. 뭐, 그래도 좋다. 좌절하고 포기하기보단 꾸준한 게 나니까.

잘하진 못해도 희망 사항이 하나 있다면, 스페인에 가서 플라멩코 워크숍에 한 번 참여해보고 싶다. 해마다 2월 말이면 헤레스(Jerez)라는 작은 동네에서 플라멩코 페스티벌이 열린다. 세계적인 무용수들이 2주일간 수업도 하고 공연도 연다. 내 실력으로는 맨 밑바닥 초급 수업밖에 들을 수 없겠지만, 그들과 함께 연습하며 몰입하는 에너지를 느껴보고 싶다. 해마다 '내년엔 스페인 플라멩코 축제에 참가할 수 있을까' 하고 꿈을 꾼다.

◇◇◇◇

왜 그 많은 춤 가운데 플라멩코를 선택했을까.

그리 어려운 줄은 미처 몰랐다.

그러나 어려운 만큼 하나의 안무를

끝냈을 때의 만족감은 말로 표현할 수 없다.

무엇이든 계속해서 도전하는 이유다.

작가는
돈 많이 버나요?

여행을 좋아하는 나에게 나보다 훨씬 경제적으로 여유 있는 친구들도 비용 얘기를 한다. 자기들은 돈이 없어서 못 간다거나, 나한테 "돈 많은가 봐요"라고 말하는 사람들 대부분은 사실 나보다 돈이 많다. 하고 싶은 것을 다 할 수 있을 만큼 여유가 있으면 좋겠지만 그런 사람이 얼마나 될까.

나는 지출하는 데 우선순위가 있다. 여행을 좋아하는 사람들은 평상시에도 가볍게 사는 경우가 많다. 언제든 떠나기 위해서일 수도 있고, 경제적으로도 그래야만 하기 때문일 수도 있다. 젊었을 때도 패션에 크게 관심이 없었다. 옷이나 신발 등을 구경하거나 쇼핑을 그리 좋아하지 않아서도 있지만, 대학교 다닐 때도 용돈을 아껴서 내가 하고 싶은 문화생활을 좀 더 즐겼다. 결혼 후에는 남편이 물려받은 것 없이 사업을 하다 보니 항상 불안해서 월급의 대부분을 적금이나 보험에 들었다. 최소한의 용돈으로 생활하고 가끔 남편 카드로 필요한 것을 충당했다. 물론 이혼하고 나서 그 보험들은 해지해 찾아서 썼고, 이젠 꼭 필요한 것만 남았다.

나는 보통의 여성들이 많이 지출하는 항목, 즉 패션, 미용, 피부 관리도 별로 안 좋아하고 골프도 치지 않는다. 사는 데 크게 지장 없는 것들에 돈 쓰는 일을 좋아하지 않는다. 대학생 때부터 조금 길거나 짧은 단발에 생머리를 유지해온 터라 미용에도 큰 지출을 한 적이 별로 없었다. 같은 미용실에 20년째 다니고 있는데, 돌이켜보니 그리 좋은 손님은 아닌 듯하다. 시력도 좋은 편이라 안경도 안 쓰고, 술을 못 마셔서 술값도 들지 않는다. 그 대신 여행을 가거나 하고 싶은 것을 배우는 데 돈을 쓴다. 남편이 꼬박꼬박 월급을 갖다주고 나도 일을 할 때는 여유가 있어서 보고 싶은 공연도 자주 보러 다녔지만, 요즘은 공연 티켓 가격이 너무 비싸져서 그것마저 심사숙고해서 고른다. 정말 보고 싶은 것만 선택해 부지런히 서둘러야 할인되는 얼리버드 티켓을 잡는다.

남들보다 많이 안 사는 것 같아도 옷장에 쌓인 옷을 보면 앞으로 한 벌 안 사고도 평생을 살 수 있을 것 같다. 줄이는 것이 쉽지 않을 때는 아예 끊는 것도 방법이다. 그래서 올해 목표를 하나 정했다.

'1년 동안 옷 안 사기.'

인터넷에 있던 쇼핑 리스트를 삭제하고, SNS에서도 옷을 보여주는 계정들을 아예 지워버렸다. 보지 않으니 유혹도 갈등도 없어서 오히려 편안하다.

책이 좀 잘 팔리고 강의가 늘어나서 경제적 여유가 생기면 좋겠지만, 그렇다고 물질적 소비를 늘리고 싶진 않다. 남은 시간 동안 계속 짐을 줄이고 줄여서 마침내는 박완서 작가님처럼 '버리고 갈 것만 남아서 홀가분한 상태'가 되면 좋겠다. 그러면 성공한 인생 아닐까.

만약 지금보다 조금 더 시간적, 경제적 여유가 생긴다면 노트북 하나 들고 경치 좋은 곳에 있는 방 하나를 빌려 그곳에서 며칠 지내며 다음 책을 쓰고 싶다. 이건 나의 버킷리스트 중 하나다. 어디 가서든 살 수 있고, 일할 수 있는 삶. 죽기 전에 한 번은 실현해보고 싶다.

지난 몇 달 동안 빈둥거리고 버둥거리다가 다시 컴퓨터를 켰다. 다시 인생을 ON 모드로 전환한다. 글쓰기는 여전히 쉽지 않지만, 그래도 꿋꿋이 자판을 두드린다. 인생이 언제 쉬운 적이 있었던가. 앞으로 가다 보면 뭔가 만나게 되겠지. 언젠가 나의 개인적인 이야기에도 귀 기울여주는 사람이 있겠지.

노는 것도
연습이 필요하다

나는 여행 작가가 아니다. 여행 전문가도 아니다. 그럼에도 두 번째 책이 여행 에세이라서 그런지 가끔 여행에 대한 강의 의뢰가 들어온다. 책에 있는 내용을 다시 얘기하는 것이 지루하기도 하고, 직업이 라이프 코치이다 보니 코칭과 여행을 섞어서 이야기를 풀어나가곤 한다.

첫 번째 책의 내용이었던 '혼자 해보기'와 '여행'을 결합해서 '여행으로 나의 삶도 단순하게'라는 제목을 만들었다. 삶을 단순하게 하라는 주제로 이야기하다 보면, 자꾸 욕심을 내려놓으라 하고 마음도 물건도 비우라는 말을 강조하게 된다. 한번은 강의를 듣던 육십 대 초반의 CEO가 나에게 항의하듯 질문했다. 뭘 그리 자꾸 비우라고만 하냐고. 처자식 다 버리고 어디로 가야 하는 거냐고. 물론 아니다. 가족을 버리고 나만 위하라는 게 아니라 평생 앞뒤 안 보고 일만 하셨으니 이제는 자신을 위해 뭔가를 해도 괜찮다는 의미의 말이다.

자신을 위한 시간을 가져보라고 하면 끄덕이는 사람도 있고, 끝까지 '팔자 좋은 소리한다'며 못마땅한 표정을 짓는 사람도 있다. 자기 사업을 하는 사람들은 정년 나이가 정해져 있지 않으니 행복한 일이지만, 쉴 나이가 되었는데도 쉬지 못하고 일에 매달려 있는 경우도 있다. 보통 사람보다 경제적으로 더 여유가 있을 텐데도 말이다.

그런데 칠십이 넘어 이제 회사도 물려주고, 다른 인생을 살아보겠다고 마음먹는다면 과연 무얼 할 수 있을까? 갑자기 퇴직하고 나서 집에서 나가긴 해야겠고, 갈 데가 없어서 일주일 내내 골프만 치다가 병난 아저씨들도 수없이 보았다. 일이 없어지고 불안한 마음에 공황 장애를 겪기도 한다.

잘 노는 것도 연습이 필요하다. 지난번 여행 에세이 책의 서문을 쓰면서 생각했다. 나이가 들수록 물질적 소비를 줄이고, 자기 경험에 더 많이 투자하면 좋겠다고. 여행을 다니는 것도 어느 정도 건강한 시절에나 가능하다. 여행도 운동도 하기 힘든 나이가 되었을 때 잘 살기 위해서는 미리 그에 대한 준비가 필요하다.

《아침의 피아노》를 쓴 철학자 김진영 교수처럼 죽을 때까지 문장 한 줄이라도 쓸 수 있으면 좋겠다. 그렇게 죽을 때까지 생산적인 삶을 살고 싶은 게 소망이다. 그래서 오늘도 일기를 쓴다.

여자가 아닌
사람으로 살다

이혼을 하고 나서 왠지 모르게 시름시름 여기저기가 아프기 시작했다. 몇 년간의 스트레스가 몸 어딘가에 쌓여 있었던 모양이다. 한의사를 소개받아서 약을 지어 먹었다. 그렇게 괜찮아지는가 싶었는데, 몇 달이 지난 어느 날 아랫배가 아파왔다. 일요일이라 가까운 응급실에 가서 진찰을 받았다. 내과에서 약을 먹어도 낫지 않으면 산부인과에 가보라고 했다. 이후 산부인과에서 검사를 받았고, 검사 결과 난소에 꽤 커다란 혹이 있어 수술을 해야 한다고 했다.

한 번 더 확인하기 위해 지인에게 종합병원 산부인과 의사를 소개받아 찾아갔다. 의사는 자궁 상태가 좋지 않으니 수술하는 김에 한꺼번에 하는 것이 좋겠다고 했다. 자궁을 적출해야 한다는 말이었다. 친구는 다른 병원에 가서 다시 알아보자고 했지만, 나는 고민할 것 없이 수술을 받기로 결정했다.

인터넷을 검색해보니 수술 후유증에 대한 무시무시한 글들이 많이 올라와 있었다. 어떤 여자는 여성성을 잃어버리는 것에 대해 심리적 상실감이 크다는데, 나는 수술을 결정하고도 아무런 느낌이 없었다. 오히려 다 없어지면 편하겠다는 생각까지 들었다.

입원하는 날 수술 동의서에 서명해줄 사람이 없어 아는 선배가 와서 가족 대신 서명을 했다. 수술 날 아침, 간호사가 혼자 수술실로 들어가는 내 두 손을 잡고 기도를 해주었다. 괜찮을 거라고 위로하며. 난 진짜 괜찮은데 말이다. 그런데 나는 진짜 괜찮았던 걸까.

자궁 적출 수술은 부작용으로 고생하는 사람들도 많다. 신체적으로 허리가 약해지기도 하고 체력이 확 떨어지기도 한다.

나는 원래 둔해서인지 다행히도 부작용이 없었다. 심리적 공허함도 없었다. 오히려 편해졌다. 더는 여자일 필요가 없었으니까. 여자라는 사실보다 그저 하나의 인간이고 싶었다. 혼자 독립을 해야 했으니까.

그렇게 산부인과와 이별을 고하고, 홀로서기가 시작되었다. 한 달 동안 집에서 꼼짝없이 요양하며, 나는 여자가 아닌 그냥 인간이 되었다.

괜찮다고, 아무렇지 않다고 생각했던 건 스스로 불쌍해하는 자기 연민에 빠지기 싫어서였던 것 같다. 나는 혼자서도 잘 살 수 있는 사람인 줄 알았던 거다. 내 배 속의 장기를 하나 잘라냄으로써 여자로, 누군가의 아내로 살았던 과거도 잘라내버리고 싶었을지도 모르겠다.

이후 시간은 흘렀고, 몸은 천천히 회복되었다.

인생에 아까운
시간은 없다

글쓰기 수업을 같이 받았던 문우회 회원 가운데 여자들끼리만 모여 MT 대신 찜질방에 가기로 했다. 장소가 중요하진 않았다. 하룻밤 외박이라는 것이 우리를 짜릿하게 만들었다. 찜질방을 좋아하진 않지만, 같이한다는 사실이 중요했다.

사십 대까지 나는 시간에 대해 유난히 강박관념이 있었다. 하루하루 바쁘게 살기도 했지만 유독 시간 관리에 엄격했다. 약속 시간을 어기는 것도, 쓸데없는 일에 시간을 낭비하는 것도 무척 싫어했다.

언제나 약속 시간 전에 먼저 가서 상대를 기다리는 게 마음이 편했다. 기다리는 시간이 싫지 않았다. 누군가를 기다리며 책을 읽거나 낙서하는 잠깐의 짬을 즐길 수 있어 좋았다. 늦는다고 미리 연락만 해주면 문제가 없었다. 다만 아무 소식도 없이 약속 시간을 넘기도록 안 나타나면 그 사람에 대한 인상이 나빠지곤 했다. 그것도 습관이라 시간을 안 지키는 사람은 항상 늦었다. 그래서 느긋한 사람도 나중에 나를 만날 때는 신경을 쓰기 시작했다.

친구들을 만나서 몇 시간씩 점심을 먹고 수다를 떠는 것도 편하지 않아서 밥만 먹고 먼저 자리를 뜨는 경우가 많았다. 특별한 화제 없이 애들 얘기나 남편 자랑하는 것을 듣고 있는 자리가 불편했다. 내 성질에 맞지 않았다.

특히 시간이 아까운 것은 동네 사우나에 가서 종일 노는 사람들을 볼 때였다. 어떤 아줌마들은 오전에 가서 운동하고 점심까지 먹고 놀다가 다시 오후에 가서 사우나하고 저녁 준비할 시간이 되어 집으로 돌아가곤 했다. 내가 뜨거운 탕을 좋아하지 않아서도 있지만, 하루를 그렇게 흘려보내는 게 이해되지 않았다.

삼십 그리고 사십 대에는 아무것도 안 하고 있으면 뭔가 잘 못 사는 것 같은, 인생에서 중요한 뭔가를 놓치고 있는 것 같은 불안감이 들었다. 그래서 일을 하면서도 공부를 놓지 못했다. 그러다 일을 그만두고 나니 생활도, 생각도 조금씩 바뀌었다. 나이 탓인지 아니면 인생에서 많은 것을 포기하는 경험을 해서인지 오히려 편해졌다. 시간에 대해서도 조금, 아니 내 기준으로는 아주 많이 너그러워졌다. 젊을 때처럼 멀리 있는 성공을 향해 달리는 것보다 오늘 하루를 똑똑히 지켜보며 사는 것이 더 중요해졌다.

내일 무슨 일이 일어나더라도, 오늘은 내일 걱정일랑 말고 지금 하고 싶은 일에 충실하자고 마음먹는다. 베짱이 같은 생각인지도 모르겠지만, 평균 수명도 늘어났다니 이제 좀 더 느긋하게 살아도 괜찮지 않나 싶다.

시간에 대한 강박관념이 사라져도 찜질방이 좋아질 것 같진 않지만, 그래도 좋은 사람들과 함께하는 시간이라면 좀 더 느긋하게 즐겨야겠다고 다짐했다.

연말이 다가오니 마음도 바쁘고 몸도 바쁘다. 피곤이 쌓였는지 어제는 아무것도 하기 싫어서 하루 종일 침대에서 데굴데굴 구르며 쉬었다. 옛날 같으면 불안해서 책이라도 들고 앉았을 텐데, 이제는 그냥 '하루 멍때리는 게 어때서' 하는 마음이다. 쉬어야 다시 뛸 수 있으니 말이다.

완벽하지 않아도,
드로잉

두 번째 책을 준비하면서 그림 연습을 시작했다. 펜으로 그리는 간단한 여행 스케치. 처음엔 여행 가서 찍어온 사진들을 보고 무작정 따라 그렸다. 어릴 때 만화나 도안을 따라 그렸던 경험이 있어서인지 그리 어렵지 않고 재미있었다. 물론 썩 잘 그리지는 못했다. 책에 들어갈 글을 모으면서 인도, 독일, 티베트, 스페인, 포르투갈 등 테마에 맞는 스케치를 하나씩 그렸다. 2년 정도 글을 쓰고 그림을 그려서 2018년 봄에 《별 볼 일 있는 여행》을 출간했다.

전공자도 아니고, 그리기를 제대로 배워본 적도 없어서 몇 달간 화실을 다니기도 했다. 그래도 실력은 늘지 않았고, 결국 잘 그리는 것보다는 내 스타일로 그리는 것이 더 낫다며 억지로 합리화했다(여전히 그림은 잘 그리는 것이 중요한 게 아니라고 우긴다).

온전히 내 힘으로 책을 만들고 싶어서 한두 달은 캘리그라피를 배워서 직접 책 제목도 쓰고, 안에 들어가는 좋은 글귀를 캘리그라피로 써서 엽서도 만들었다. 그림도 글씨도 어설프지만 그래도 직접 완성했다는 뿌듯함이 있었다. 그렇게 책을 내고 나니 오히려 그림을 더 잘 그리고 싶은 욕심이 생겼다. 그래서 두 달간 그리기 기초를 가르쳐주는 수업도 들었다. 눈에 띄게 실력이 늘진 않았지만 매일 그림을 그리는 습관이 생겼다. 항상 다이어리를 가지고 다니며 시간이 날 때마다 어디서든 그림을 그렸다. 잘 그리지 못해도 사람들과 함께 드로잉을 즐길 수 있게된 것이다. 요즘은 여행을 갈 때도 저널북을 가지고 가서 일기쓰듯 현장에서 스케치를 한다.

몇 년 전, 갑자기 일주일 동안 빈둥거릴 목적으로 치앙마이에 갔었다. 치앙마이에서의 마지막 날 저녁 괜찮은 재즈 바가 있다는 말을 듣고 찾아갔다. 상상했던 재즈 바와는 사뭇 달랐다. 서울처럼 분위기 있고 럭셔리한 카페가 아니라, 그냥 길거리 식당 같은 곳에서 문을 활짝 열어놓고 밴드 연주를 하고 있었다. 들어가서 음료를 주문하지 않아도, 지나가던 사람들도 길거리에 서서 재즈 연주를 들을 수 있는 자유로움이 좋았다.

밤이 깊어질수록 밴드는 더욱 신나게 열정적으로 연주를 했다. 길에서 춤을 추는 외국인들도 있었다. 그들을 바라보다 문득 그 풍경을 그리고 싶다는 생각이 들었다. 그래서 작은 길 건너 바가 잘 보이는 곳으로 자리를 옮겼다. 앉을 곳도 마땅치 않아 찻길 옆에 선 채로 한 손에 노트를 들고 스케치를 시작했다. 사람들의 모습을 일일이 그릴 수가 없어서 아웃라인만 대강 그렸다. 엉성한 그림이지만 현장 느낌이 나서 좋았다.

드로잉을 좋아하는 친구들을 만나면 카페에서도 각자 도구를 펼쳐놓고 그림을 그리면서 수다를 떤다. 그렇게 친구들과 돌아다니다가 지난봄 우연히 방배동 작은 책방에서 어느 여행 작가의 전시회를 보게 되었다. 아담하고 예쁜 책방이었다. 그림과 책을 함께 놓을 수 있는 그곳이 마음에 들어 무턱대고 물어봤다.

"여기서 전시하려면 어떻게 해야 돼요?"

"특별한 기획을 하는 건 아니고 그냥 인연이 되면…."

"인연은 만들면 되는 거죠. 그림 갖고 다시 올게요."

그리고 다음 한 달 동안 그곳에서 내 그림을 전시하게 되었다. '메종인디아 트래블앤북스'의 4월의 작가가 된 것이다.

오십이 넘어서 다시 시작한 취미, 그림 그리기는 내 인생에 또 하나의 도전이었고 출간 후 전시까지 해봤으니 소정의 성공을 거둔 셈이다.

정원 가꾸기를
시작하다

가을 하늘이 유혹하는 요즘, 나는 밖으로 나가는 대신 옥상에 올라간다. 지금 사는 집으로 이사를 오고 나서 옥상 정원을 꾸미고 싶은 마음을 3년 동안 참았다. 물론 비용 때문이었다. 잘 만들어진 정원에 화초만 심는 것이라면 나 혼자서도 할 수 있을 테지만, 아파트에서 주목으로 대강 메워놓은 화단을 다 파내고 흙부터 다시 깔아야 하는 일은 너무 큰 공사였다.

이사한 지 2년 반 만에 전에 살던 집이 팔리고 기회가 왔다. '집을 팔았으니까'라는 이유를 핑계로 수중에 남은 돈을 긁어모아 봄맞이 대공사를 시작했다. 화단을 싹 비우고, 좋은 흙을 섞어 깔고, 주목은 가장자리로 옮기고, 다양한 야생화와 꽃을 피우는 작은 관목들, 억새 같이 생긴 그라스 종류를 구석구석 어울리게 심었다. 그렇게 3박 4일 동안 여러 명이 공들여 공사를 했다.

봄에는 라일락이 피고, 여름에는 목수국과 배롱나무 꽃이 늘어지고, 가을에는 국화가 향기를 내뿜는 정원이 옥상에 생겼다. 모닝라이트도 키가 커져서 갈대밭을 보는 기분이다. 겨울이 되면 심심할까봐 화단 벽에 그림도 그렸다. 아크릴물감을 주문해서 풀도 그리고 꽃도 그리고. 드로잉을 좋아하는 친구들이 와서 몇 개는 함께 그리기도 했다. 재주 많은 친구가 토끼와 고양이도 그려주어서 허전했던 옥상 벽들도 예쁘게 단장을 했다.

여름에는 정원에 올라가 매일 물을 줘야 하는데, 해가 뜨거울 때 물을 주면 꽃이 타버린다고 해서 이른 아침에 부스스 일어나 옥상으로 올라가서 물을 주고 내려온다. 그러고는 다시 침대로 들어가 잠을 자기도 한다. 아침에 외출하느라 급하면 밤중에라도 돌아와서 불을 켜고 꼭 물을 줬다.

매일 키가 얼마나 자랐을까, 잎이 마르지는 않았을까 살피고, 꽃이 피면 감사한 마음이 들었다. 작은 화단이지만 숨 쉴 수 있는 공간이 생겼다는 게 너무 행복했다.

화단 옆에 푹신하고 뒤로 많이 눕혀지는 캠핑용 의자를 하나 사서 가져다놓았다. 보통은 책 한 권과 커피 한 잔을 들고 올라가지만, 의자에 앉아서 하늘을 잠깐 보고 있으면 상념으로부터 벗어날 수 있고, 조금 더 있으면 잠이 스르륵 온다. 결국 독서에는 안 맞는 환경이구나, 결론을 내리고 멍때리는 공간으로 노선을 정했다.

부지런한 친구들은 그만한 화단이면 상추, 고추, 토마토를 다 심을 수 있겠다고 한다. 나는 게을러서 아직은 엄두가 나지 않지만, 화단 가꾸기에 적응이 되고 조금 더 부지런해지면 한쪽에는 내가 먹을 채소도 길러봐야겠다. 내년 봄에는 내가 기른 상추를 따서 옥상에서 고기도 구워 먹을 수 있게 될지도 모른다. 친구들을 불러서 먹을 것과 시간을 함께 나누는 것이 정원을 가꾸는 또 하나의 이유가 되어도 좋지 않을까.

비가 온 다음 날이면 옥상으로 올라간다. 잡초를 뽑아야 하기 때문이다. 어느 날 잡초를 뽑다가 하수도에 싹이 난 것을 보았다. 하수도 거름망에 흙이 쌓이고 그 틈에 풀이 자란 것이다. 많이 쓰지 않는 쪽이라 그냥 두었는데, 며칠 지나고 살펴보니 키가 엄청 커지고 줄기 끝에 작은 꽃이 피어 있었다. 작은 별 같은 꽃들이 옹기종기 모여 한 송이를 이루었다. 어릴 때 먹던 별 사탕이 떠올랐다. '잡초가 이리 예쁠 수도 있구나' 감탄하며 사진을 찍었다. 이름 없는 잡초라도 모두 소중하다. 사람이 지어준 이름이 뭐가 대수랴. 하수도에 핀 이름 모를 꽃을 보며 웃음이 떠나지 않았다. 감동적이기까지 한 그 순간을 기록하고자 인스타그램에 사진을 올렸다.

며칠 후 잡초 사진에 댓글이 달렸다.

[그거 잡초 아니에요~ 그 꽃 이름은 버베나 보나리엔시스예요.]

헉! 뭐라고요? 이름이 너무 어렵다. 내 기억력으론 아마 하루도 못 가 잊어버릴 것이다. 이름 모를, 아니 내가 이름을 기억 못 하는 꽃들이 가득한 정원이 요즘은 더욱 감사하다. 코로나

19 사태로 사회적 거리두기가 엄격해서 사람이 있는 곳을 가지 못할 때, 집 밖으로 나가지 못할 때, 옥상에 올라가 꽃을 보며 봄, 여름을 보냈다. 게을러서 화초 가꾸는 데 소질이 없다고 생각했는데, 강제로 시간이 주어지고 애정을 갖고 보니 정원 일도 이젠 할 만하다.

많이 소유하지
않는 삶

여행을 떠나 배낭 하나, 캐리어 하나를 들고 한 달씩 밖에서 지내다 보면 사람이 사는 데 그리 많은 물건이 필요하지 않다는 것을 깨닫게 된다. 캐리어 하나에 들어갈 짐으로 몇 달도 살 수 있는데, 내 옷장에 가득 차 있는 저 옷들은 다 뭘까? 집 안 곳곳에 먼지만 쌓여 있는 물건들은 언제 다시 필요해질까?

보통날에도 여행할 때처럼 꼭 필요한 것만 지니고 살자고 다짐을 해본다. 그래서 매일 집 안 구석구석을 째려보며 버릴 것을 찾기도 한다.

이사를 해본 사람은 알 것이다. '나중에 정리해야지' 하며 창고에 박스째 쌓아 놓은 짐들을 몇 년 동안 그냥 두었던 경험. 지금 사는 집으로 이사한 지 3년이 되었다. 크기를 줄여 작은 집으로 이사하느라 아주 많은 짐을 버리고 치웠다. 이사하기 전에 이미 많이 버렸다고 생각했는데도 이사하던 날 집 안은 그야말로 전쟁터였다. 포장이사를 했지만 짐을 수납할 데가 없어서, 이삿짐센터 사람들이 돌아가고 나서도 거실에 산더미처럼 비닐봉투가 쌓여 있었다. 짐 더미 사이에서 심란하게 하룻밤을 보내고 다시 버리기를 시작했다.

우리는 사는 데 꼭 필요하지 않은 것들을 참 많이 가지고 산다. 어쩌다 한 번씩은 이사를 해야 묵은 살림도 정리가 된다. 그 후로도 3년 동안 수시로 비우기를 계속하고 있지만, 아직도 못 버리고 대충 끌어안고 살게 되는 짐들이 많다. 이번 생에 미니멀 라이프는 불가능한 걸까. 첫 단추부터 잘못 끼워진 것도 같다. 그래도 포기하지 않고 짐을 더 비우자고 다짐한다.

지난가을, 옷장 한 칸을 다 비울 만큼 못 입는 옷들을 정리해서 친구가 하는 바자회에 보냈다. 코로나 이후 확찐자가 된 덕분에 맞지 않는 옷이 많아져서 정리하기는 한결 쉬웠다. 정리 전문가의 말처럼 물건을 비우니 버릴 것이 더 잘 보였다. 옷 방 가운데 있던 긴 옷걸이 하나를 통째로 꺼냈더니 방이 넓어져서 옷이 잘 보였고, 못 입는 옷들은 더 잘 보였다.

지금 우리 집은 냉장고가 하나뿐이다. 김치 냉장고도 없다. 장을 볼 때도 무조건 싸다고 해서 많이 사놓지 않는다. 꼭 필요 한 만큼만 산다. 식구도 적고 밥을 해 먹을 시간도 없는데 장을 봐놓으면 버리는 재료가 더 많기 때문이다. 필요할 때마다 조금 씩 사는 게 경제적이기도 하고.

그런데 줄지 않고 자꾸 쌓이는 것이 있다. 책이다. 다 읽고 나 면 필요한 사람에게 바로 주기도 하지만, 다시 보려고 둔 것도 있고 읽다 말고 그냥 둔 것도 있다. 궁금한 것이 많아 자꾸 사들 이니 쌓일 수밖에. 그래서 요즘은 할 수 없이 전자책 앱에도 회 원가입을 했다. 살까 말까 망설이게 되는 책은 전자책으로 본다.

집에서 짐을 줄이며 내 마음의 짐도 줄인다. 내 안에 묵은 먼지도 털어낸다. 짐을 줄여서 언제든지 가방 하나 들고 휙 떠날 수 있으면 좋겠다. 세상을 떠날 때도 가볍게.

인생은
여행이다

코로나19 때문에 변한 사회 현상 중 하나는 집에서 보내는 시간이 많아졌다는 점이다. 그러면서 집과 관련된 것들에 사람들의 관심도 높아졌다. 인테리어 업종의 수요가 늘었고, 가구 판매도 증가했다고 한다. 방송에서도 집 안 정리하는 프로그램이 인기를 끈다. 집 정리가 전문직이 되어 자격증을 따려는 사람들도 급증했다.

　나도 집 정리 대열에 동참했다. 어떤 정리 전문가는 100일 동안 비우기를 하라고 한다. 100일 동안 매일 하나씩 정리하는 것이다. 나는 가장 먼저 책장에 꽂힌 수백 권의 책을 꺼내 분류하고, 정리하기를 반복했다. 그러자 서실 한쪽이 넓어졌다. 공간이 넓어지니 마음도 넓어지는 듯했다. 책장 하나를 통째로 비우다 보니 예전에 일할 때 받은 크리스털로 된 감사패도 몇 개가 나왔다. 전문가들 조언대로 사진을 찍고 버렸다.

나는 오늘도 뭔가를 정리하고 비워야겠다고 마음먹었다. 그래서 하루에 하나씩 종류를 정한다. 어느 날은 약장을 열어본다. 유효기간이 지난 비상약도 그대로 놓여 있다. 오래되어서 접착력이 사라진 반창고도 많다. 다음 날은 책상 서랍에 들어 있는 문구들을 찬찬히 살펴본다. 이미 다 쓰거나 굳어 나오지 않는 볼펜도 꽤 많다. 문구를 좋아해서 모아둔 것이 한 움큼이다. 모두 잡다한 것들이다. 여행지에서 사오거나 선물 받은 엽서들도 한 박스가 있다. 엽서를 보며 고민한다. 쓸데없으니 버려야 하나, 추억 삼아 간직해야 하나. 고민하길 멈추고 다용도실도 들러본다. 낡아서 안 쓰는 냄비도 있고, 1년에 한 번 쓸까 말까 한 커다란 들통도 있다. 배달 음식에 딸려온 일회용품들도 한 봉투가 있다. 모아 놓은 쇼핑백도 한쪽을 보란 듯이 차지하고 있다. 봉투도 다섯 개 정도만 비상용으로 남겨놓고 모두 버리기로 마음먹는다.

집 안 구석구석 쓸데없는 잡동사니가 그렇게 많은 줄 잘 모르고 살았다. 이제는 매일 살림살이를 들여다본다. 더 버릴 것은 없나, 누구 줄 것은 없나. 몇십 년 동안 쌓인 살림들이라 만만치 않다. 필요한 사람에게 주면 물건도 새로운 삶을 얻고, 우리 집 공간도 숨을 쉬게 될 것이다.

정리를 하려면 버릴 것만 꺼내서는 안 된다. 일단 전부 꺼내서 버릴 것은 버리고, 필요한 것만 정리해서 반듯하게 다시 넣어야 한다. 인생도 비우고 싶다면, 완전히 비워내야 다시 시작할 수 있듯이.

사람들은 매일 쓰지도 않는 것들을 왜 이렇게 많이 가지고 사는 걸까. 여행 가는 기분으로 살아보면 어떨까. 캐리어 하나 들고 떠나는 것처럼. 그렇게 남은 삶으로 여행을 떠나고 싶다.

◇◇◇◇

나는 인생을 여행하듯 살고 싶다.

매일매일 새로운 것을 찾아 떠나는 여행자처럼

호기심을 잃지 않으며 살고 싶다.

3장

사람과 사람 사이에

필요한 이야기

어느 봄날의
콘서트

벚꽃이 피기 시작했다. 뉴스에서는 매일 봄 축제 소식을 전하고, 길에는 사람들이 넘친다. 햇빛이 쨍할수록 기분이 나쁘다는 친구가 있는데, 그 기분이 조금은 이해가 된다. 남들처럼 꽃구경을 못 가서 심술이 난 것이다. 그러던 중 친구에게서 톡이 왔다.

[이번 주 토요일 잊지 않았지?]

까맣게 잊고 있었다. 두 달 전쯤인가 친구가 봄이 되면 콘서트를 보러 가자고 말했었다. 친구가 함께 가자는 콘서트는 이름을 들어본 것 같기도 하고 아닌 것 같기도 한 경력이 꽤 오래된 발라드 가수의 공연이었다. 노래를 찾아 들어보니 후렴구는 귀에 익었다. 사실 가수가 누구인지는 중요하지 않았다. 친구와 꽃구경 삼아 놀러가려는 심산이었다.

콘서트는 어느 대학교 소극장에서 열렸다. 교정에 가득 핀 벚꽃을 구경하며 콘서트를 기다렸다. 평소에 쓰지 않는 셀카봉도 꺼내어 친구와 사진을 찍었다. 팝콘처럼 나뭇가지에 뭉쳐 있는 하얀 벚꽃을 보니 나는 아무 말도 나오지 않았다. 그저 멍하니 바라볼 뿐이었다.

콘서트보다 벚꽃에 마음이 빼앗겨 있을 때 공연장 앞에 커다란 배낭을 짊어진 아줌마가 나타났다. 배낭이 거의 자기 키만한 것 같았다. 히말라야 등반도 했을 법한 크기의 배낭이었다. 작고 단단한 몸집은 에베레스트 등정도 해낼 것처럼 보였다. 한참 들떠서 일행과 함께 공연장으로 들어가는 모습이 그 가수의 팬클럽 멤버임이 틀림없었다.

우리 자리는 발코니석이어서 관객들이 아주 환하게 내려다보였다. 역시 그 배낭을 지고 온 아줌마와 친구들이 제일 앞 가운데 자리를 차지하고 앉아 있었다. 그들은 콘서트가 시작되자 열심히 손을 흔들며 노래도 따라 불렀다. 가수의 손짓 하나에도 배낭 아줌마는 어쩔 줄 몰라 하며 뒤로 넘어갔다. 어릴 때도 연예인을 그리 좋아해본 적이 없던 나는 그 모습이 신기하기만 했다. 누군가를 향한 마음 하나에도 행복할 수 있음이 좋아 보였다.

공연이 계속될수록 콘서트라기보다는 팬클럽 정모 같은 분위기가 이어졌다. 아이돌 가수들의 공연은 예매가 시작되자마자 서버가 다운될 만큼 티켓을 구하기가 힘들다는데, 중년 발라드 가수의 콘서트는 소극장인데도 뒤쪽은 듬성듬성 빈자리가 보였다.

가수는 노래가 한 곡 끝나면 다음 노래를 부르기 전 편하게 자신의 이야기를 풀어냈다. 가수가 되고 얼마 안 되어 선배가 드라마 주제곡을 불러달라고 부탁했는데, 자기 음반을 준비하느라 거절했단다. 그것이 바로 드라마 〈겨울연가〉였다고. 데뷔한 지 10여 년이 지나며 많은 소속사를 거쳐 지금은 직접 회사를 차렸다는 그는 콘서트 내내 지난날의 불운과 실패에 대해 말했다. 객석의 빈자리도 짠하고, 담담하게 자신의 인생을 얘기하는 그 가수도 짠했다. 그럴 때마다 앞자리의 관객들은 소리를 질렀다.

"멋있어요."

"사랑해요."

가수와 팬의 관계를 넘어서 가족 같은 사이가 된 것 같았다. 분위기를 띄우려 애쓰는 아줌마 팬들의 모습이 안타까웠지만 가수를 향한 응원에 진심이 느껴졌다.

1부가 끝나고 우리는 시끄러운 스피커 바로 옆자리를 피해 맨 뒤 빈 좌석으로 자리를 옮겼다. 우리 앞자리에는 남자아이 하나가 엄마 무릎을 베고 자고 있었다. 조금 후 아이가 깨서 칭얼거리자 엄마는 아이의 입을 막았다. 계속 잠투정을 하자 아이를 무릎 위에 올려 안고는 달래서 억지로 다시 재웠다. 무대에선 마지막 곡이라며 신나는 노래가 계속되었고, 배낭 아줌마와 그 일행은 모두 일어서서 더 크게 노래를 따라 불렀다. 그와중에도 앞자리 젊은 엄마는 아이를 재우고 있었다. 그 광경을 본 친구가 말했다.

"전부 다 짠하다."

그 말에 웃으면 안 되는데, 웃음이 났다.

잘 모르던 가수의 처음 듣는 노래를 두 시간 동안 감상하면서, 콘서트를 즐긴 게 아니라 누군가의 인생을 엿본 느낌이었다. 앞으로는 그가 방송에 출연하면 아는 사람이 나온 듯 반가울지도 모른다. 그와 함께 앞자리에서 열광하던 배낭 아줌마도 떠오르겠지. 소녀처럼 좋아하던 모습이.

앵콜 곡은 듣지 않고 극장을 빠져나왔다. 교정은 이미 어두워져 있었고, 가로등 불빛에 벚꽃이 반짝거렸다. 친구와 나는 마주보았다.

"아, 한잔할까?"

함께 나이 들어가며 마음이 통하는 친구가 있다는 것은 축복이다. 몇 달 전에도 한 친구가 갑자기 자기는 아침에 짐을 싸서 나왔다면서 어디든 하루 동안 여행을 가자고 했다. 가출할 나이도 아닌데 가끔 집을 나오는 친구였다. 가깝고 편한 동해로 가보자며 저녁이 다 되어 집을 나섰다.

동해에 도착했을 때는 이미 노을이 지고 바다도 잘 보이지 않았다. 저녁을 먹고 나니 카페들도 문을 닫아서 할 수 없이 맥주를 파는 펍으로 갔다. 다행히 메뉴에 커피가 있어 우리는 커피 두 잔을 시켰다. 어두워서 바다는 보이지 않지만 철썩이는 파도 소리가 들렸다. 깜깜한 밤하늘을 보고 앉아서 친구와 한참 수다를 떨었다. 그러다 문득 생각했다.

'나이가 드니 참 좋다. 이렇게 인생 애기를 편하게 할 수 있는 친구가 있으니.'

◇◇◇◇

"나를 두고 간 님은 용서하겠지만

날 버리고 가는 세월이야."

김창완의 〈청춘〉이라는 노래를 들을 때

눈물이 나면 나이가 든 걸까?

세월도 용서하자.

모두 용서하고 가볍게 살자.

만 원의 가장
커다란 효과

어느 날 모임에서 여행 작가를 꿈꾸는 친구를 만났다. 사진을 잘 찍는 사람이었다. 모두 그의 작품을 칭찬하는데, 그는 지나칠 정도로 부정을 했다. 겸손이 지나쳐 왜 저럴까 싶을 정도였다. 낯가림이 심한 성격인지 저녁 먹는 내내 별말이 없었다. 2차로 자리를 옮기고 나서 우연히 그가 내 옆자리에 앉게 되었다. 주변의 그보다 어린 여자 동생들이 "오빠도 이제 마흔이네요?" 라고 묻자 자기는 만으로 서른아홉이라며 아직 마흔이 아니라고 우겼다. 그렇게 나이 얘기를 하고 난 뒤, 그는 7~8년 정도 마음껏 살다가 죽을 것이라고 태연하게 말했다.

나는 놀라서 물었다.

"죽는다고? 왜?"

"더 살고 싶은 생각이 없어요. 제가 죽어도 아무도 신경 쓸 사람이 없거든요."

나는 농담이라도 '죽어버리겠다'고 말하는 사람을 보면 그냥 넘어가지 못한다. 자살이 얼마나 바보 같은 짓인지 꼭 짚고 넘어가야만 한다. 그리고 남은 사람들이 평생 얼마나 큰 짐을 지고 사는지도.

결국 마음이 쓰여 기회가 있을 때마다 그에게 상담 아닌 상담을 해주게 되었다. 나중에 들으니 자기가 몇 년 더 살다가 죽을 거라고 얘기해도 아무도 진지하게 듣지 않았단다. 그 말을 심각하게 들어주고 그러지 말라고 말한 사람이 내가 처음이었다고 했다. 두세 번 만나서 이야기하며 자살에 대해 다시 생각하게 되었다는 소리를 듣고 다행스러웠다.

작년 연말쯤 그가 우리 집에 놀러를 왔다. 대학 시절부터 독립해서 혼자 살았다는 그는 커튼도 열지 않고 어두운 방에서 종일 지낸다고 했다. 그래서 뭔가 찾을 일이 있으면 핸드폰을 조명 삼아 찾는단다. 같이 온 다른 한 명은 집에서 강아지와 금붕어 한 마리를 키우는데, 그에게 강아지는 손이 많이 가서 키우기 힘드니 금붕어라도 키워보면 좋겠다고 제안을 했다. 자의 반 타의 반 그가 동의했고, 나는 그 마음이 바뀔까봐 집에 있던 입구가 넓은 꽃병을 하나 선물로 주었다. 금붕어를 사서 그 안에 넣고 인증샷을 보내달라고 했다. 그런데 금붕어를 키우기로 한 지 6개월이 흘러도 그의 금붕어 키우기 프로젝트는 계속 미뤄지기만 했다.

그러던 어느 날, 나는 연남동을 지나다가 우연히 수족관을 발견했다. 커다랗고 빨간 금붕어는 한 마리에 이천 원이고, 작고 귀여운 붕어는 오천 원이었다. 구경하다 손가락 반만 한 작은 놈으로 두 마리를 샀다. 수족관 직원이 비닐봉투에 산소를 빵빵하게 넣어서 이틀은 그대로 두어도 괜찮을 거라고 했다. 다음 날, 나는 그에게 연락해 금붕어 두 마리를 전해주었다. 당장 먹일 먹이와 함께.

그 후 한 달 만에 만난 그는 달라 보였다. 표정이 밝아지고 말도 많아졌다. 이제는 금붕어 때문에 집 안에 불도 켜고 커튼도 조금씩 열어둔다고 했다. 매일 물도 갈아주는데, 미리 수돗물을 받아놓았다가 지저분한 물만 살짝 따라내고 금붕어들이 놀랄까봐 조심해서 새 물을 조금씩 흘려 넣어준단다. 먹이를 줄 때면 금붕어들이 자기를 알아보고 쪼르르 쫓아와서 눈을 맞춘다며 이야기하는 내내 즐거운 표정을 감추지 못했다. 이름도 지었다며, '피망이'와 '자몽이'를 말했다. 빨간 애가 피망이고, 조금 흐린 색 아이가 자몽이란다. 외출할 때는 그 앞에 가서 "아빠 다녀올게" 하고 인사도 한단다. 이전의 그를 생각하면 상상할 수 없는 일이다.

요즘은 사람들을 함께 만나면 그가 농담처럼 얘기한다. 내가 자기 목숨을 살렸다고. 금붕어 얘기를 하며 즐거워하는 그를 보면 내가 아니라 금붕어가 그를 살게 한 것 같다. 그가 앞으로 어떻게 더 바뀌어갈지 기대된다.

그 어느 날, 길 가다 우연히 산 오천 원짜리 금붕어 두 마리가 내가 평생 쓴 만 원 중에 가장 값진 만 원이었다.

우리는 보석일까
돌멩이일까

어느 날 낮에 운전하며 라디오를 듣게 되었다. 음악 방송 오프
닝이었다.

어느 제자가 스승한테 물었다.

"저는 재능도 많고 일도 열심히 하는데 왜 인정을 못 받을까
요?"

그러자 스승은 돌멩이 하나를 돌무더기에 던지고 찾아오라
고 했다. 제자는 놀라며 물었다.

"똑같은 돌들이 저리 많은데 어떻게 찾아요?"

스승은 반지를 빼서 다시 돌밭으로 던지며 물었다.

"반지는 찾아올 수 있겠느냐?"

"네. 반지는 반짝여서 금방 찾을 수 있을 것 같습니다."

이야기가 끝나자 DJ가 돌무더기 중의 하나가 아니라 스스로 반짝이는 사람이 되어야 한다며 결론을 내렸다.

나는 DJ의 말이 공감되지 않았다. 세상에 보석처럼 반짝이는 사람이 몇이나 될까. 나도, 우리도 그저 다양한 모습으로 존재하는 길거리의 돌일 뿐인 것을. 중요한 것은 내가 보석 반지가 아니더라도 있는 그대로 자신을 사랑해주는 마음 아닐까.

나이가 들며 좋은 점은 젊었을 때보다 경쟁을 덜 해도 된다는 것이다. 더 많이 가지려고 싸울 필요도 없고, 잘났다고 우길 필요도 없다. 내가 돌멩이였다는 것을 인정하면 그만이다.

어느 시인의 말이 생각난다. 우리는 모두 길거리의 들꽃일 뿐인데 자기는 장미라고 생각해서 문제가 생긴다고. 나이가 들수록 들꽃이 좋아지는 이유인가 보다.

글쓰기도 함께하면
가벼워진다

7년 동안 매주 수필 수업을 들었다. 수업을 등록하고 두어 달 쯤 되었을 때 선생님께서 회원들끼리 합평회를 만들어 함께 공부하라고 했다. 열두 명 정도가 모여 일주일에 한 번씩 수업 후에 남아서 합평을 했다. 인터넷카페에 순서대로 글을 올리면 미리 읽어본 후 서로 자세하게 고쳐주는 방식이었다.

다른 사람들은 하고 싶은 말이 많아서 글을 쓰면 너무 길어져서 문제인데, 나는 요점을 한 단락 쓰고 나면 할 말이 없었다. 그래서 합평회 때도 나는 다른 사람의 글을 줄이는 역할을 주로 했다. 불필요한 설명, 다 아는 얘기들을 빼고 또 뺐다. 간결

하고 깔끔하게. 반대로 다른 사람들은 내 글이 너무 건조하다고 평했다. 타고난 성격도 감성적이지 않고, 전공도 사회학과라그런지 문학보다는 논리적인 리포트 쓰기가 더 편하긴 했다.

합평을 시작하고 몇 년이 되지 않았을 때, 전 남편에 대한 글을 쓴 적이 있다. 문우회에 나보다 조금 연세가 많은 남자 분들이 있었는데, 내 글에 심하게 반감을 표시했다. 감정을 실어 쓴글도 아니고 사실대로 담담하게 썼는데도 남편을 부정적으로묘사했다는 것이 이유였다. 작가는 따뜻한 시선으로 세상을 보아야 한다면서 나를 비난했다.

나는 수필 작가가 모두 따뜻해야 한다거나 모든 수필이 감동을 주어야 한다는 것도 고정 관념이라고 생각한다. 그냥 내스타일대로 쓰고 싶었다. 그 후로도 항상 남자들은 내 글을 불편해했고, 나중에는 그러려니 포기하는 것 같았다.

어떤 작가는 1년에 두세 권 책을 내기도 하던데, 나는 한 권을 쓰는데도 참 힘이 든다. 첫 번째 냈던 책도 준비하는 데 1년정도 걸렸고, 두 번째 책을 쓸 때는 여행을 다녀와서 원고를 하나씩 하나씩 써서 모으느라 몇 년이 걸렸다. 지금 쓰고 있는 글들도 마음먹으면 빨리 쓸 수 있을 거라 생각했지만, 이것도 쉽지 않다. 긴 호흡으로 글을 쓰고 싶은데 요점에 살을 붙이기가 어려워 짧게 끝내고 만다. 그래도 나는 글쓰기를 포기하지 않는다.

언젠가 명상 시간에 어느 스님이 물으셨다.
"어떻게 하는 것이 잘하는 것일까?"
이 사람, 저 사람이 대답했다.
"열심히 하는 것이요."
"그건 당연하다."
그럼 뭘까? 스님이 대답하셨다.
"잘하려면 계속하는 것이다."

그래, 지금 잘하지 못해도 계속 글을 써야겠다. 꾸준히 잘할 수 있을 때까지. 오십 이후의 삶을 작가라는 이름으로 살기로 작정했으니, 남들이 인정해주지 않아도 나는 멈추지 않고 글을 쓸 것이다.

◇◇◇◇

글을 쓴다는 것은

나를 들여다보는 일이다.

오래 들여다보고

깊이 들여다보면

나를 이해하게 되고 용서하게 된다.

내가 누군가에게
도움이 될 수 있을까

사십 대 후반에 하던 일을 그만두고 어떻게 살아야 하나 고민하고 있을 때 지인 중에 코칭을 배우고 있는 사람이 있었다. 코치 자격증을 따기 위해서는 상담 실습이 필요했고, 나는 그 실습에 자원을 했다. 코치가 나에게 내린 처방은 아무 생각하지 말고 잠시 쉬라는 것이었다.

처음으로 쉬는 시간이 생기고 살아온 삶을 되돌아보았다. 힘들어도 열심히 살려고 노력했던 이유는 후회하지 않기 위해서였다. 나중에 실패하더라도 원하는 일을 해보고 후회가 남지 않도록 하고 싶었다.

일도 사람도 마찬가지였다. 결과가 좋지 않더라도 내가 최선을 다했다고 말할 수 있으면 미련이 덜했다.

오십 대가 되니 내가 죽을 때 후회를 남기지 않으려면 어떻게 살아야 하는지 진지하게 고민이 되었다. 무엇이든 사회에, 세상에 도움이 되는 사람이 된다면 좋을 것 같았다. 젊을 때 나를 위해서 아등바등 살았던 만큼 나이가 들었으니 남을 위해서 조금이나마 힘이 되면 좋겠다는 막연한 생각이 들었다. 그래서 코칭 공부를 시작했고, 선배들의 도움으로 1년 만에 KPC(한국코치협회 인증 전문 코치) 자격증을 딸 수 있었다.

내가 마흔이라면 '라이프 코치'라는 타이틀을 쓰지 못했을 것이다. 사십 대에 많은 일을 경험하고 오십이 지나니 그래도 다른 사람들의 인생 상담을 들어줄 수 있겠다고 생각했다.

라이프 코치란 내담자의 내면에 있는 잠재력을 찾고 스스로 답을 찾을 수 있게 도와주는 사람이다. 내가 답을 알려주는 것이 아니라서 내담자의 이야기를 잘 들어주는 것이 가장 중요하다. 10년 전이라면, 사십 대를 편안하고 안락하게 보냈더라면 남의 이야기에 지금만큼 공감하지 못했을지도 모르겠다.

요즘은 상담이 많지 않지만 자격증을 따기 전부터 함께 공부했던 코치 다섯 명은 아직도 한 달에 한 번 주말 아침에 만나 스터디를 계속하고 있다. 코치를 직업으로 하는 사람도 있고 직장을 다니는 사람도 있지만, 이 스터디가 나에게는 코치라는 끈을 잡고 있게 하는 원동력이 되었다. 스터디의 이름은 '코코아'로, 10년 동안 코칭 관련 도서나 자기계발서, 심리학에 관련된 책들까지 많이도 읽었다. 혼자서는 불가능한 일이었다.

세상에 쓸모 있는 사람이 되기 위해 시작했던 코칭은 나이가 들수록 더 잘할 수 있는 일이 아닌가 생각한다. 상담소를 차리고 돈을 받고 하는 일이 아니더라도 힘들 때 나를 찾아오는 사람들, 답답할 때 연락하는 친구들이 있다면 나는 그들의 전담 코치가 될 준비가 되어 있다. 누군가의 이야기를 들어주고 그들의 편이 되어주고 응원해주는 코치이고 싶다. 그것이 내가 코칭을 공부한 이유이기도 하니까.

코칭과 죽음학을 함께 통합해서 인생 리셋 프로그램을 만들었다. 코칭 수업 스타일로 죽음학의 내용을 편하게 전달하는 것이다. 참가자들이 스스로의 인생을 잘 돌아볼 수 있게 내용을 구성했다. 코로나19로 수업을 활발하게 할 수는 없지만 차츰차츰 늘려나가리라.

만나고 싶은
사람

길을 가다 미간을 잔뜩 찌푸리고 걸어가는 아줌마를 보았다. 무슨 기분 나쁜 일이 있었을까. 왜 화가 났을까. 정작 본인은 자기 얼굴이 어떻게 보이는지 모르는 것 같다. 한껏 찡그린 얼굴에 인상이 좋지 않아 보인다.

문득 나는 평소에 어떤 표정으로 있는지 의식되어, 차창에 비치는 얼굴을 보며 슬쩍 미소를 지어본다. 이제 나이 들어서 처지고 주름진 얼굴에 표정이라도 편안해야 하지 않을까 하는 생각이 들었다. 매일 아침 웃는 연습이라도 하고 나와야 하나.

마흔이 넘은 얼굴은 자기 책임이라더니, 그 말이 맞나 보다. 지나가는 어른들 얼굴을 다시 보게 된다. 화난 얼굴, 평온한 얼굴, 초조한 얼굴, 무심한 얼굴. 오십 대 이후에는 외모 평준화가 된다고 했던가. 생김새가 예쁘거나 못생긴 건 중요하지 않다. 그보다는 표정이 좋아야 한다. 누군가를 만났을 때도 밝은 기운을 내뿜는 사람이 좋다. 어떤 사람은 볼 때마다 즐겁고 에너지를 전달받는 기분이 든다. 반면, 어떤 사람은 만나면 내 기를 모두 빼앗아가는 듯 헤어져서도 피곤하다. 대화의 내용 탓도 있겠지만 태도나 표정의 영향도 크다.

라이프 코칭을 하다 보니 간혹 상담을 받으러 찾아오는 후배들이 있다. 코칭의 전제 조건은 '에고리스(Egoless, 나의 기준으로 남을 판단하지 않기)'이다. 그래서 상담이 끝나고 나면 혹시 꼰대처럼 충고한 것은 없는지 돌아보게 된다. 상대방을 걱정해서 하는 소리라고, 잘되라는 소리라고 우기며 내 기준을 강요하진 않았는지 반성한다. 직업 정신을 핑계 삼아 후배들한테 잔소리는 하지 말자고 다짐한다.

누구나 남에게 좋은 사람으로 보이고 싶고, 어른이 되어도 여전히 칭찬받고 싶어 한다. 나는 겉모습만 그런 사람이고 싶진 않다. 내면에서 우러나오는 안온함이 표정에도 깃들어 있는 사람이고 싶다.

나는 곱게 늙는 게 희망이고, 예쁜 할머니가 되고 싶기도 하지만, 얼굴이 예쁜 것보다는 깊어진 주름만큼 삶의 내공도 깊어 누구에게나 편안한 사람이 되고 싶다.

나를
돌아보기

우아하고 멋진 선배는 나이가 들어서 좋다며 이전으로 돌아가고 싶지 않다고 했다. 보통 오십 대가 되면 아이들도 다 키우고 여러 면에서 조금 여유로워진다. 그래서 나에게 좀 더 집중할 수 있다. 그래서 선배는 실제로도 더 '좁게' 살기로 마음먹고 (코로나19 때문에 집에 갇히기도 했지만) 모임도 줄이고 철학과 문학을 공부하는 북클럽 외에는 외출도 많이 안 하신다.

"나이 들수록 감각이 더 민감해져. 신체 감각은 둔해지는데, 감성은 더 발달하는 거지. 감정에도 솔직해져서 울기도 잘 울고. 나이 들어 잘 울면 갱년기라고 놀리곤 했는데, 그게 아니더라. 새싹을 보고도 눈물을 흘릴 만큼 작은 것에도 연민이 생기는 거야."

선배의 말에 고개를 끄덕였다. 작은 것에도 연민이 생긴다는 것은 아름다운 일이다. 젊었을 때는 내 앞가림하기 바빠서 주변을 돌아볼 여유가 없었다. 나이가 들수록 세상을 보는 눈이 넓어지고 이해가 깊어진다. 물론 그렇게 잘 나이 들기 위해서는 마음공부가 필요하다.

나는 마음공부를 위해 주로 책을 읽는다. 힘든 일이 있을 때마다 책을 스승 삼아서 인생을 헤쳐온 것 같다. 자신을 돌아볼 수 있는 가장 현명한 방법은 자기만의 방법을 찾는 것이다. 책을 읽어도 스스로 문제가 없다고 생각할 수 있다. 명상이나 걷기도 좋은 방법이다. 걸으면 뇌 활동이 활발해지고, 사유도 더 잘할 수 있다.

사람들이 말하는 유머 중에 '또라이 질량 보존의 법칙'이 있다. 어느 집단이나 또라이가 한 명씩은 있다는 논리이다. '우리 팀에는 아무리 봐도 그런 사람이 없는데'라는 생각이 든다면 자기 자신을 돌아봐야 한단다. 자신이 또라이라는 것이다.

내가 싫어하는 사람을 볼 때마다 나는 그러한 면이 없는지 돌아보게 된다. 누군가를 싫어하는 것은 내게 그런 면이 있어서 그렇다고 한다. 남을 욕하기 전에 나를 먼저 돌아보는 게 필요하다.

위기의
부부

오십 대가 되면 대부분 자녀가 결혼을 하거나 독립을 한다. 그러면 텅 빈 집에 아내와 남편만 남게 된다. 이 시기 부부간의 갈등은 더 짙게 나타난다.

내 주변의 친구들은 30년 넘게 결혼 생활을 하고 있다. 재혼을 한 경우도 있다. 친구들을 만나면 항상 남편 얘기로 시작해서 결혼제도의 문제로 이야기가 끝이 난다. 한 사람과 너무 오래 산다는 것이다. 요즘은 수명도 길어져서 금혼식을 하는 것도 어렵지 않은 일이 되었다. 부부 사이에 불만이 있다고 안 살 수는 없으니, 문제가 곪아 터져도 아이들을 위해서 한쪽이 참는 경우가 많다. 집집이 크고 작은 문제를 안고 살아간다.

참을성이 없어서 이혼하고, 기억력이 떨어져서 재혼을 한다던가. 나는 참을성이 많은 편이었는데도 의도치 않게 이혼을 하게 되었다. 다행인지 불행인지 기억력은 나쁘지 않아서 재혼할 일은 절대 없을 것이다. 재혼한 사람들을 보아도 나이가 들어 만났고 이별 경험도 있으니 더욱 신중하게 생각하고 또 고민했을 텐데, 막상 함께 생활하려니 그것도 만만치 않은가 보다. 한동안 싱글로 있다가 다시 결혼 생활에 적응하려면 여러 가지 불편함을 감수해야 한다. 그래서 결혼과 동시에 싱글의 자유를 다시 부러워하기도 한다.

사회적으로 성공한 남자, 다들 부러워하는 남편감이라도 그 사람이 좋은 남편은 아닐 수 있다. 살아봐야 안다. 겪어보지 않으면 절대 알 수 없는 게 부부 관계다. 그래서 함부로 얘기하지 말아야 한다.

이런저런 경우의 수를 다 따져보아도 나는 그냥 혼자 사는 것이 맞는 사람인 것 같다. 외롭기도 하고 힘들기도 하지만, 내가 결정하고 내 의지대로 인생을 만들어가는 지금이 좋다. 친구들에게도 이야기한다. 그대들은 남편에게 감사하고 나는 남편이 없음에 감사하며 살자고. 각자의 자리에서 주어진 상황에 감사하며 살자고.

남녀
차이

우연히 나이가 지긋한 의사 한 분을 만났다. 육십 대 중반 정도 되어 보여서 초면이지만 물어보았다.

"나이 드시니 더 좋은 것이 있나요?"

대답은 부정적이었다. 술을 마셔도 금방 취하고, 술 마신 다음 날은 일어나기도 힘들고, 골프를 쳐도 예전 같지 않다고 했다. 은퇴하고 좋은 것은 없냐고 다시 물었다. 놀아서 편한 것도 잠깐이고 심심해서 다시 일을 찾고 있다고 했다. 나는 그분의 이야기를 듣다가 또다시 질문을 던졌다. 이번엔 나이 듦의 남녀 차이가 궁금했다.

"대부분 여자는 나이가 들면 체력이 떨어지고 다양한 노화 현상이 있지만, 오히려 편하고 좋다고 하더라고요. 젊은 시절에는 해야 할 것도, 힘든 일도 많아서 애들 다 키우고 여유가 생긴 지금이 좋다는데, 남자들은 아닌가요?"

"남자들은 돈만 벌어다 주면 되고, 하고 싶은 것 다 하고 사니까요."

"아, 확실히 여자들은 결혼하면 원하는 걸 못 하고 더 많이 참고 사나 보군요."

그의 이야기가 충격적이고 슬펐다. 물론 모든 남자가 하고 싶은 걸 다 하고 살진 못할 것이다. 우리의 대화에서 '남자와 여자의 인생이 이렇게 다르구나' 생각하니, 모르는 것은 아니었지만 새삼 씁쓸했다.

몇 년 전 《82년생 김지영》이라는 소설이 나왔다. 베스트셀러가 되더니, 곧 영화로도 만들어졌다. 평범한 여성의 대명사로 '김지영'이라는 흔한 이름을 선택한 듯하다(내 주변에도 '지영'이란 이름을 가진 사람이 몇 명 있다).

소설과 영화는 스토리에 차이가 있다. 영화에 나오는 남편은 아내의 입장을 이해하고 도와주려 노력한다. 사실 소설에 나오는 무심한 남편이 더 현실적이다. 역시 영화는 영화일 뿐인가. 공유 같은 비주얼에 그리 자상한 남편이라니, 현실감이 없긴 하다.

어쨌거나 소설에서는 능력 있는 젊은 남녀가 결혼하면 모든 삶이 남자 중심으로 돌아간다는 것을 여지없이 보여준다. 여자가 아무리 똑똑해도 남자 직장을 따라 어디든 가야 하고, 아이를 낳으면 육아는 여자의 책임이 되기 때문이다.

영화를 보고 나서 반응은 나이에 따라 다양하다. 미혼의 삼십 대는 지영의 처지에 분개하고, 아이를 키워본 사십 대는 지영의 엄살을 꾸짖는다. 아이를 낳으면 잘 키우는 것이 당연한 일인데, 키우기 싫으면 왜 낳았냐고. 특히 공유 같은 남편이 어디 있냐고 열을 올린다.

결혼 생활 25년은 나에게 인내심 테스트의 시간이었다. 시한폭탄을 안고 살얼음판을 걷는 기분으로 살았다. 그 시간을 끝내고 홀로 선 순간 역시 쉽진 않았다. 하지만 차츰 적응해가는 중이다. 그렇다고 다시 누군가와 같이 사는 것은 엄두가 나지 않는다.

황혼 이혼이다, 졸혼이다, 하기 전에 서로의 영역을 존중해주 었는지 생각해보자. 부부도 독립적인 시간과 공간이 필요하다. 한쪽이 한계에 다다르기 전에 서로 조율해야 하고, 상대방의 말도 좀 들어주고 조금씩 양보하며 차이를 인정해야 한다. '부 부는 일심동체'라는 옛날 사고방식에 갇혀 모두 맞춰야 한다는 강박을 가지면, 누군가 한 명은 희생될 수밖에 없다. 한쪽의 헌 신을 바라지 말고 이제는 함께 사는 세상이 되었으면 좋겠다.

자발적으로
비켜주기

요즘 '맵부심'이라는 말이 있다. 매운 것을 잘 먹는 것을 과시할 때 사용하는 단어이다. 매운 걸 잘 먹는 것이 왜 대단한 일이 됐는지 모르겠다. 운전할 때도 괜한 자존심을 거는 사람이 많다. 그렇다면 그것은 '운전부심'이라 해야 하나?

나도 속도를 즐기는 편이지만, 요즘은 속도를 내며 달리지 않는다. 급한 일이 아니면 오히려 속도를 늦춘다. 그리고 필요한 시간보다 일찍 출발하고 느긋하게 운전하려고 노력한다. 끼어드는 차에 양보할 여유도 조금 생겼다.

인생도 마찬가지이다. 젊은이들에게 자리를 내어주고 슬쩍

갓길로 비켜선다. 밀려나는 것이 아니다. 자발적으로 비켜주는 것이다. 급한 사람들이 달려갈 수 있게 길을 내어주는 것이다. 바쁜 청춘들이 질주할 수 있게 말이다.

코칭을 할 때, 내 기준을 버리고 상대방의 얘기를 듣는 것은 가장 기본이면서도 가장 어려운 부분이다. '나라면 그러지 않았을 것'이라고 판단하거나 평가하지 않는다. 이는 '역지사지하라'는 말과도 비슷하다. 상대방의 이야기를 들을 땐 내가 개입되어선 안 된다. 온전히 상대방의 입장에서 들어야 한다.

젊을 때는 상대방의 입장을 이해하는 것이 어려웠다. 나와 다른 남을 보면 왜 저럴까 싶고, 심지어 한심하다는 생각마저 들었다. 젊음이란 게 참 교만하기 그지없다. 세상을 몇십 년 살며 깨달은 하나는 '세상에 어떻게 그런 일이'라는 것은 없다는 것이다. 무슨 일이든 일어날 수 있다. 상상할 수 없이 엽기적인 일도 얼마든지 생기는 게 요즘 세상이다. 막장 드라마보다 더 막장 같은 일들이 펼쳐지는 게 이 세상이다.

그래서일까. 나는 웬만한 일에는 잘 놀라지 않는다. '그럴 수도 있지'라며 의연하게 받아들인다. 어떤 상황이건 상대방을 이해하는 폭도 넓어졌다. 내 인생이 힘들었던 만큼 타인의 삶도 다독이고 품어줄 수 있는 여유가 생겼다. 그렇게 나이가 들고 있다.

젊어서 실수하는 것은 당연한 일이다. 진짜 어른은 바로 가르치려 들지 않고 기다릴 줄 아는 사람이다. 이제는 비켜줄 때가 되었다. 조언이라는 것도 상대방이 원할 때 해야 쓰임새가 있다. 원하지 않는 도움은 나의 오지랖으로 끝날 뿐이다.

◇◇◇◇

이제 사소한 일에 목숨 걸 것도 별로 없고,

욕심에 채찍을 휘두를 일도 없다.

인생의 가을을 즐겨보자.

수명이 길어져서 중년의 의미도 달라졌으니

나의 가을도 길어졌으리라.

4장

흔들림에 유연해지기 위하여

아홉수라는
함정

인생에 대한 고민이 가장 많은 때는 언제였을까? 요즘 아이들을 보면 열아홉 살이 아닐까 싶다. 십 대가 끝나고 대학 진학이나 사회생활에 대한 고민이 한층 심각해질 때라서, 경험치가 낮아서 더 힘든 나이인지도 모르겠다. 자기 인생에 앞으로 어떤 일이 닥칠지 예상하기도 힘들고, 대부분이 처음 겪는 일이라 상황마다 어떻게 대처해야 하는지도 잘 모를 때이기 때문이다.

예전에 대학에서 강의할 때 1학년 학생들에게 간단한 자기소개서를 써오라고 하면 본인이 원하는 전공 학과에 가지 못해서 이제는 아무것도 할 수 없다는 식으로 자조적인 글을 써오는 학생들이 있었다. 살다 보면 대학이라는 것, 그리고 전공도 크게 상관없이 살게 되는 경우가 많은데 말이다. 고작 열아홉에 원하는 대학을 못 가서 스스로를 인생의 실패자로 낙인찍는 것을 보면 안타깝다.

내 아들도 대학교 4학년을 다니다 말고 자기가 하고 싶은 것을 찾았다며 전공을 바꿔서 다시 3학년으로 편입을 했다. 늦은 졸업에 서른이 훌쩍 넘어 첫 직장에 들어갔지만, 열심히 일하고 있다. 적성에 안 맞는 공부를 하느라, 직장을 구하느라 고생하는 것보다는 하고 싶은 것을 찾으면 힘들어도 행복은 더 큰 것 같다.

우리나라에는 '아홉수'라는 말이 있다. 대부분 부정적인 의미로 쓰이는데, 나이 끝에 9가 들어가는 해는 조심해야 한다고 말한다. 십 대가 끝나는 열아홉은 아마도 아홉수의 시작이었을 것이다. 스물아홉에는 삼십 대가 되면 청춘이 딱 끝나버릴 것처럼 절망하고, 서른아홉의 긴 번민을 거쳐 마흔이 되면 인생 다 겪은 사람처럼 잠시 착각하기도 한다.

오래전에 친한 동생과 남해로 여행을 갔다가 근처 작은 절에 들른 적이 있다. 대웅전에 들어가 절을 하고 나오니, 스님이 어디서 왔냐며 인사를 했다. 들어와서 차 한잔하고 가라는 말에 우리는 자리를 잡았다. 우리가 캐주얼한 차림이라 조금 어려 보였는지 스님이 차를 마시며 설교를 시작했다. 나보다 어려 보이긴 했지만, 토를 달기가 뭣해서 잠자코 들었다. 자기도 젊어서는 이 산, 저 산으로 돌아다녔는데 마흔이 넘으니 하고 싶은 일보다 해야 할 일들을 하고 살아야겠더라며 세상 짐을 혼자 짊어진 어른 같은 표정을 지었다.

"처음 마흔이 됐을 때는 그런데, 마흔이 훌쩍 넘어버리면 포기도 되고 오히려 마음이 편해져요."

보다 못해 내가 한마디를 건네자 스님이 눈을 동그랗게 뜨며 말했다.

"앗, 누님이시네요."

순간 입에 물고 있던 차를 뿜을 뻔했다. 나이 든 아저씨들이 나를 누나라 부르는 것도 적응이 안 되는데, 스님한테 누님 소리를 들을 줄은 상상조차 못했다.

이것도 벌써 10년이 넘은 일이다. 그런데 지금도 나이 얘기를 하며 비관하는 사람들이 주변에 많다. 오십 대 중반이면 체력도 눈에 띄게 떨어지고 하던 일을 그만두고 퇴직하는 사람도 많다. '이 나이에 뭘', '이 나이에 어떻게'라는 말을 입에 달고들 산다.

스물아홉, 서른아홉에 나이 들었다고 절망하는 게 얼마나 말도 안 되는 일이었는지, 이제는 잘 안다. 그러면 적어도 똑같은 실수는 하지 말아야겠다. 칠십 대나 팔십 대 어르신들이 보면 우리 나이도 한참 젊다. 남은 인생에서 오늘이 제일 젊은 날인 것도 주지의 사실이다. 우리가 여든, 아흔이 되었을 때 '그때는 나도 젊었는데, 무엇이든 할 수 있는 나이였는데'라며 또 똑같이 후회할 수는 없지 않은가.

끝나지 않은
교향곡

아홉이라는 숫자를 얘기하다 보니, 베토벤 교향곡 9번이 떠오른다. 베토벤 이후로 많은 작곡가가 교향곡 9번을 마지막 곡으로 남겼다. 슈베르트, 브루크너, 말러 등. 그래서인지 교향곡에서 9번은 음악적 완성을 의미한다고 한다.

나는 말러 교향곡 9번, 그중에서도 4악장을 가장 좋아한다. 말러는 〈죽은 아이의 노래〉라는 곡을 만들고 그 후에 어린 딸이 죽자 죄책감에 시달렸다. 죽음에 대한 강박적인 집착도 계속되었다. 그래서 그의 곡들에는 죽음이라는 주제가 내재되어 있는 것 같다.

나도 동생의 자살로 힘들 때 이 곡을 많이 들었다. 음악이란 게 신기하게도 어떤 곡은 마치 곡과 그때의 상황이 이어져 있는 것처럼 느껴진다. 내겐 말러 교향곡 9번이 그랬다. 이 곡을 들으면 자동적으로 동생의 죽음이 떠오르고, 죽음이 연상된다. 특히 4악장은 아직도 들을 때마다 어김없이 울컥하고 눈물을 삼키게 된다.

말러의 곡을 듣다가, 나이 들어 풍부해지는 것이 감정일지 궁금했다. 미국 노인정신의학 박사인 마크 아그로닌은 《노인은 없다》라는 책에서 노인의 강점을 세 가지로 제시한다. 바로 지혜, 창조성, 회복탄력성이다. 지혜는 판단력과 리더십, 타인에 대한 배려 등 다양한 형태로 나타나고, 창조성은 나이가 들면 엉켜 있는 문제를 해결하고 새로운 관계를 형성하는 데 능숙해짐을 통해 나타난다고 한다. 또 창조성은 평생의 경험을 통해서 새로운 시도도 할 수 있다는 자신에 대한 인식에서 비롯된다고 한다. 많은 예술가의 작품들이 노년에 완성된 것을 보아도 알 수 있다. 회복탄력성은 스트레스에 대처하고 기초적인 기능을 회복하는 능력을 말한다. 나이가 들수록 이 능력이 좋아지는데, 충동이나 감정적인 면이 줄어들고 삶에서 무엇이 가치 있는지 알게 되기 때문이라고 한다.

나와 비슷한 또래 대부분은 약 30년간 회사를 다니다가 퇴직하고 나면, 회사 일 말고 할 줄 아는 게 잘 없을 것이다. 당연하다. 평소 취미 생활을 즐길 여유가 있는 세대가 아니었다. 그렇다고 남은 인생을 포기할 수는 없지 않은가.

사십 대까지 커리어 좇아가기에 바쁜 삶이었다면, 오십 대부터는 시간적으로 조금씩 여유가 생긴다. 그러면 내가 젊을 때, 어쩌면 아주 어릴 때 무엇을 좋아했었는지 가만히 돌이켜보자. 친구들과 뭐 하고 놀 때가 가장 행복했었는지 말이다. 목공, 글쓰기, 요리하기, 그림 그리기 등 그것이 무엇이든 지금 다시 시작해보면 어떨까.

처음부터 다 잘하는 사람은 없다. 배우면 모두 할 수 있는 것들이다. 완벽하게 잘 해내고 싶다는 욕심만 비우면 된다. 만약 그림 그리기에 흥미가 있다면 지금 당장 시작해보아도 좋다. 그림 이야말로 조금만 배우거나 연습하면 누구나 할 수 있다. 다만 못 그리더라도 자꾸 남들과 비교하며 자신을 비하할 필요는 없다.

작은 성취감을 느낄 수 있는 일이면 정신 건강에 더 도움이 된다. 목공이나 그림은 결과물을 눈으로 볼 수 있어서 추상적인 것보다 만족감이 크다. 머리보단 손을 쓰는 일이라 집중도 잘 되고, 잡념을 잊을 수 있어서 힐링이 되기도 한다. 그러고 보니 내가 지금 하고 있는 일들은 다 오십 이후에 시작한 것들이다. 결론은 오십부터라도 무엇이든 할 수 있다는 얘기다.

해야만 하는 일 말고 하고 싶은 일을 찾아보자. 나이가 들어서 더 잘할 수 있는 일이 분명 있을 것이다. 나는 마지막까지 하려고 찾은 일이 글쓰기와 코칭이다. 경험이 쌓일수록 더 나아질 거라는 믿음이 있다. 작가로, 코치로 성공하거나 돈을 많이 벌지는 못할 거라는 사실을 안다. 하지만 내가 하고 싶은 일이고 누군가에게 도움이 되는 일이라면 훗날 눈감을 때 삶에 미련이 덜할 것 같다.

혼자서도
괜찮아

'어떻게 해야 혼자서도 행복하게 살까'는 내 첫 번째 책의 주제였다. 혼자서도 행복할 수 있어야 다른 사람하고도 잘 지낼 수 있다고 생각한다. 그래서 외로워서 결혼하고 싶다는 후배들을 보면 말리곤 한다. 결혼하면 더 외롭다고, 서로 외로움에 의지하고 기대다 보면 실망하고 싸우게 된다고. 혼자서도 충만할 때 같이 살고 싶은 사람이 생기면 결혼을 하라고 했지만, 말처럼 쉽지는 않다.

사실 혼자 여행하기는 힘들다. 특히 외국 여행의 경험이 많지 않은 사람이거나 여성인 경우는 더 조심스러울 수밖에 없다. 그들에게 무조건 할 수 있다고 '아자 아자 파이팅'만 외칠 수는 없다. 처음에는 단체로 여행을 가더라도 자유 시간에 혼자 시내를 돌아다녀 보기를 권한다. 골목도 구경하고 미술관을 관람해도 좋다. 몇 시간씩 혼자 있다 보면, 혼자 다니는 일이 조금 편해진다. 나는 친구와 함께 여행을 가도 낮에는 각자 가고 싶은 데를 둘러보고 저녁 식사만 같이 하는 경우가 많다.

단체 여행 사이사이 짬을 내서 혼자 다녀보고, 혼자 다니기가 익숙해지면 처음부터 혼자 여행을 떠나보아도 좋다. 외국을 가기 두려우면 국내 여행부터 시작해도 괜찮다.

혼밥을 하는 것은 서울보단 외국이 편하다. 다시 볼 일 없는 사람들이라 생각하면 신경도 덜 쓰이고 행동도 더 편해진다. 그렇게 여행지에서 혼자 시간을 보내다 보면, 돌아와서도 일상에서 혼자만의 시간을 좀 더 행복하게 설계할 수 있다.

요즘은 혼자 차를 몰고 강원도에 자주 간다. 운전을 즐기는 편이라 내가 좋아하는 음악을 크게 틀고 드라이브하는 시간이 좋다. 혼자 바다도 보고, 산도 보고, 그냥 높은 파도를 쳐다보고 있는 것만으로도 위안이 된다. 그래서 속이 답답할 때면 불쑥 차를 몰아 바다를 보고 온다.

일상에서 혼자 하는 경험을 쌓으면 할 수 있는 일이 많아진다. 영화 보기, 전시 보기, 음악회 가기, 쇼핑하기, 운동하기 등 모두 혼자 하기에 딱 맞는 일들이다. 누군가의 눈치를 볼 필요도 없고 결정도 혼자 하니 여러 면에서 훨씬 더 효율적이다.

물론 항상 혼자여야 한다는 말은 아니다. 좋은 사람과 함께하는 것도 행복할 때가 많다. 다만 혼자 있는 시간을 후회 없이 잘 보내기 위해서는 연습이 필요하다. 같이할 사람이 없어서 하고 싶은 일을 포기할 수는 없으니.

◇◇◇◇

함께라서 좋은 것이 있지만

혼자여서 좋은 것도 많다.

그 시간을 즐길 수 있으려면

충분한 '혼자의 시간'이 필요하다.

고전
다시 읽기

나이 듦이 때론 억울하기도 하고 슬프기도 하다. 그렇지만 사십 대의 불안함을 넘어 오십 대가 되니 오히려 깊어진 것도 있다. 예전에는 미처 몰랐던 것들을 마주하는 순간이다. 특히 명작이 그렇다.

얼마 전 EBS에서 〈뜨거운 양철 지붕 위의 고양이〉라는 옛 영화를 방영했다. 엘리자베스 테일러와 폴 뉴먼 주연의 1958년 작품이다. 처음 이 영화를 본 것은 고등학생 때였다. 부부간의 갈등을 보여주는 줄거리니 어렸을 때 그 내용을 이해했을 리가 없다. 지금 다시 보니 복잡한 남녀 주인공의 심리와 가족 간의 갈등이 이해되었다.

책 읽기도 마찬가지이다. 몇 년 전 헤밍웨이의 《노인과 바다》를 다시 읽었다. 중학생 때 억지로 읽었을 때는 지루하고 재미없는 이야기라고 생각했다. 할아버지가 고생해서 드디어 큰 물고기를 잡지만, 항구로 돌아가던 중에 상어 떼를 만나 사투를 벌이고 결국은 물고기 뼈만 남았는데, 그게 어쨌다는 건지 알 수가 없었다. 그런데 지금 다시 읽으니, 그 안에 한 사람의 인생이 다 담겨 있었다. '그래, 인생이 다 그런 거지' 하며 내려놓아야 하는 것들에 대해 생각했고, 어릴 때 느끼지 못했던 감동을 받았다.

요즘 나에게 가장 좋아하는 책이 무엇이냐고 물으면 망설임 없이 니코스 카잔차키스의 《희랍인 조르바》라고 대답한다. 아주 어릴 때 영화로 먼저 보았는데, 줄거리는 잘 기억나지 않지만 주인공이던 안소니 퀸이 바닷가에서 춤추던 모습이 생각난다. 1964년 영화이니 내가 태어나자마자 만들어진 것인데, 언제쯤 봤는지는 모르겠다.

영화를 워낙 좋아해서 고등학생 때도 주말마다 밤늦게까지 영화를 보곤 했다. 요즘처럼 학생이 극장을 가기도 쉽지 않고, 다양한 채널이 있던 시절도 아니라서 '주말의 명화' 시간을 기다려야만 영화를 볼 수 있었다. 고3이 되었을 때 담임선생님이 교무실로 불러서 경고를 할 정도였다. 고3이니 이제 애국가 나올 때까지 영화 보지 말고 공부하라고. 그 시절에 보았던 영화 중 하나가 〈희랍인 조르바〉였다.

그것을 몇 년 전 책으로 다시 읽은 것이다. 조르바의 자유를 추구하는 영혼에 깊이 공감했고, 책을 읽고 찾아본 니코스 카잔차키스의 묘비명 역시 울림을 주었다.

나는 아무것도 바라지 않는다.
나는 아무것도 두려워하지 않는다.
나는 자유롭다.

시간이 많아진 요즘, 취미 삼아 고전을 다시 읽거나 옛날 영화를 보는 것이 재밌다. 오래된 것들이라 IPTV에서 무료인 것도 있고, 커피 한 잔 값도 안 되는 돈으로 훌륭한 영화를 찾아볼 수 있다. 고전 작품에는 웬만한 책보다 인생에 관한 깊은 철학이 담겨 있다. 그래서 내가 처한 상황이나 시기에 따라 느끼는 바도 다르다. 이 점이 내가 고전을 다시 찾은 이유이기도 하다.

새삼 나이가 드는 게 참 좋다. 고전뿐만 아니라 인생에 대해서도, 세상에 대해서도, 이해의 폭이 더 넓어지니 말이다. 내가 살아온 이 세상을 충분히 알고, 사랑하고 떠나는 것은 의미 있는 일일 테니.

나는 개방적인
사람일까

사람은 나이를 먹을수록 새로운 것에 대한 개방성이 줄어든다고 한다. 새로운 사람도 만나기가 싫고, 음식도 먹어보지 않은 것은 시도하기가 꺼려진다는 것이다. 그래서 중년의 삶이 위축되는지도 모른다.

그런데 삶이 한 번 크게 흔들리는 인생의 전환점이 있으면 개방성이 늘어난다는 연구 결과가 있다. 암에 걸리거나 심한 어려움을 겪고서 변하는 사람을 주변에서 종종 본다. 병이나 사고로 죽을 뻔한 경험, 혹은 그런 일을 아주 가까이에서 보고 나면 마치 새사람이 된 듯 남은 시간을 귀하고 감사하게 느끼게 되는 것이리라.

타고난 성격이 그리 도전적이지 않았던 나도 인생의 전환점이 될 만한 사건을 겪어서 개방성이 늘어난 걸까? 지금의 나는 예전보다 호기심이 많아져 뭐든 새로 배우기를 좋아하고, 입맛도 까다롭지 않아져 새로운 음식을 먹어보는 것도 즐긴다.

10여 년 전쯤 2주간 인도를 여행한 적이 있다. 보름 동안 한식 없이 향신료가 강한 인도 음식을 먹어야 했는데 그때도 나는 새로운 음식에 대한 거부감이 없었다. 식사를 잘 못 하는 사람들은 가져온 고추장에 밥만 비벼 먹기도 했는데 말이다. 일주일쯤 지났을 때 한 일행이 말했다.

"원 선생님, 진짜 비위가 좋다, 좋아!"

어떤 것에 제한을 두지 않고 마음을 여는 태도만 있다면, 언제든지 새로운 사람을 만나는 것, 새로운 곳에 가는 것이 어렵지 않다. 나이가 많다고 못할 일이 아니다. 그러니 더 이상 나이 탓은 하지 말자. 나이가 들면서 나도 취향이 어느 한쪽으로 기울어졌는지도 모르지만 그래도 고정 관념을 버리려고 애쓰며 산다.

  나름의 산전수전을 겪어내며 '인생 뭐 있어'라고 해탈했기 때
문일까. '사회적 자아를 버렸더니 개인적 자아가 발전하더라'는
말처럼 내 경우도 비슷하다. 남의 눈치 보며, 남들처럼 살아보
려고 애쓰며 살아온 삶은 그만 내려놓으려 한다. 사회적 기준
에 맞춰 살아온 허물을 벗어버리고, 이제는 새로운 나의 정체성
을 찾아보려고 한다.

건강한

돼지

1년 정도 운동도 플라멩코 연습도 못 하고 쉬었더니 3킬로그램 정도 살이 쪄서 도통 빠지지 않는다. 다시 마음을 단단히 먹고 다이어트와 운동을 시작했다. 보통은 일주일에 두 번 운동을 하고, 두 번 춤 연습을 한다. 그리고 식단 조절을 조금 하면 살이 빠지는 게 정상인데, 이제는 절대 빠지지 않는다. 갱년기 호르몬의 영향으로 기초대사량이 줄어서 그럴 수도 있고, 체질일 수도 있고, 여러 가지 요인이 있을 수 있다. 트레이너 말로는 내가 물을 많이 마시지 않아서라며 하루에 2리터의 물을 꼭 마시라고 엄명을 내렸지만, 지키기가 쉽지 않다.

그래서 핸드폰에 만보기와 물을 얼마나 마시는지를 체크해 주는 앱을 깔았다. 앱은 자기 역할을 톡톡히 하고 있다. 두 시간마다 물을 마시라고 알람을 울려댄다. 그래도 물 마시기는 여전히 힘들다. 뭐든 마시는 것은 어렵다. 술도 물도. 오로지 하루 종일 커피만 마신다. 최악의 습관이다.

지난여름에는 독하게 다이어트를 해보기로 작정하고 일주일 동안 거의 굶다시피 했지만 체중 변화는 별로 없었다. 그래도 '운동은 꾸준히 하니까 건강 관리는 되겠지' 위안하며 그냥 건강한 돼지로 만족하며 살기로 했다.

그런데 문제는 옷이 하나도 맞지 않는다는 것이다. 예전에 입던 바지들은 박스에 고이고이 싸서 바자회나 자선 단체로 보냈다. 둘러보니 치마나 바지나 허리에 고무줄이 들어간 밴드 스타일만 남았다. 슬프다. 물리적으로 할머니가 되어도 스타일까지 할머니가 되고 싶지는 않은데 말이다.

그래도 나이가 들어서 절대 포기하면 안 되는 것이 운동이다. 이 나이쯤 되면 몸매의 문제가 아니라 체력의 문제다. 여행이나 하고 싶은 일을 나이가 들어서 못 하는 게 아니라 체력이 떨어져서 못한다. 그런데도 사람들은 무너져가는 체력을 키우지는 않고 나이 탓만 한다. 늙어서 못하는 것이 절대 아니다. 흰 머리 하나에도 좌절하고 우울해하면서 그 이상의 노력을 왜 하지 않을까.

심지어 운동도 하지 않으면서 체력을 탓하며 화내는 사람도 있다. 내가 바꿀 수 없는 현상들에 신경 쓰고 우울해하지 말고, 내가 할 수 있는 일을 하면 된다. 건강하게 먹고 운동하고! 나는 잘 놀기 위해서 운동을 한다. 나이 들어도 잘 놀려면 체력이 필요하기 때문이다.

건강한 몸에 건강한 정신이 깃든다고 했던가. 그 말이 맞는 것 같다. 기운이 없으면 더 우울해진다. 체력이 떨어지면 내 나이를 다시 세어보게 된다. 너무 많아서 이제는 세기도 힘든 나이, 운동으로 잊어보자.

단식원
도전기

친구가 단식원을 간다고 한다. 벌써 네 번째란다. 해독다이어트란 말에 갑자기 호기심이 발동했다. 염증도 없어지고 건강해진다는 해독을 한 번 해보고 싶었다. 날짜를 잡아 단식원을 예약하고, 이런저런 명분으로 15퍼센트 할인도 받았다. 요리조리 따져보니 가성비는 괜찮았다. 약속한 날 아침, 친구를 태우고 홍천으로 향했다. 단식원에 도착하자마자 가장 어려운 미션이 떨어졌다.

'소금물 2리터 단숨에 마시기.'

평소에도 물을 잘 못 마셔서 하루에 1리터도 마시기가 힘든

데, 한꺼번에 소금물 2리터라니… 눈앞이 깜깜했다. 게다가 삼십 분 안에 다 마셔야 한단다. 천천히 마시면 몸에 흡수되어버려서 장 청소가 되지 않는단다.

그런데 마음먹으면 안 되는 일은 없나 보다. 삼십 분은 넘게 걸렸지만 소금물 2리터를 꺽꺽거리며 다 마셨다. 그러고는 허름한 방으로 올라갔다. 삼십 분쯤 지나니 화장실을 가기 시작했다. 네 번쯤 화장실을 왔다 갔다 하고 기운이 빠졌다. 첫날이 그렇게 지났다.

이튿날, 아침 6시부터 일어나서 풍욕을 하라고 시켰는데 일어나지 못했다. 7시에 소금물 1리터를 마시고 다시 장 청소를 했다. 매일 같은 스케줄이었다. 9시 정도부터 요가, 11시쯤부터 산책 2시간, 오후에는 마사지, 찜질, 냉온욕 등 여러 가지를 하다 보면 저녁 9시는 되어야 일과가 끝났다. 온종일 쉴 시간도 없고 배가 고플 여유도 없다. 종일 먹은 거라곤 소금물 1리터와 물이 전부이다. 그렇게 아무것도 먹지 않는다.

우리는 자신이 없어서 닷새만 신청했지만 진짜 살을 빼야 한다면 일주일 이상은 있어야 한단다. 단식한 지 사흘이 지나야 살이 빠지기 시작하기 때문이다. 나도 3킬로그램 정도 빠진 것 같았는데, 돌아와서 저녁 한 번 잘 먹으니 금방 원래 몸무게로 회복되었다. 체중 감량이 목표는 아니었으니 힘들게 닷새를 버티고 성공했음에 만족하기로 했다.

단식원에서의 또 하나의 난관은 매일 오후에 해야 하는 냉온욕이었다. 한여름에도 찬물을 끼얹어본 적이 없는데 냉탕에 5분을 들어가 있으라니! 불가능하다고 생각했다. 첫날은 냉탕에 푹 담그지 못하다가 둘째 날은 다른 아줌마들이 한번에 들어오면 된다고 응원을 해주어 용기가 났다. 양팔로 나를 감싸 안고 '아악' 소리를 지르며 냉탕에 들어가 앉았다. 냉탕 5분, 온탕 5분을 여덟 번 반복한다. 냉온욕이 다이어트에 가장 효과적이라니, 이를 악물고 따라 했다.

4일째 되던 날은 아침부터 머리가 아프기 시작했다. 속이 메슥거려서 새벽에 한 번, 오후에 한 번 물을 계속 토해냈다. 운동도 못하고, 방에서 시름시름 앓고 있었다. 집에 가고 싶은 생각만 들었다. 단식원 원장님께 집에 가겠다고 사정했지만 들은 척도 하지 않았다. 소금물로 위세척을 해야 한다고 했다. 머리가 아파서 어쩔 도리가 없으니, 시키는 대로 원장님 말을 따라 보기로 했다. 아침보다는 조금 진한 소금물을 가지고 화장실로 갔다. 꾸역꾸역 넘겼지만 토하는 게 쉽지 않았다. 보다 못한 원장님이 직접 나를 부축해서 화장실로 데려가더니 내 목을 뒤로 꺾고 소금물을 사약 먹이듯이 들이부었다. 꺼이꺼이 넘어가는 게 물인지 눈물인지 알 수 없었다. 소금물의 반은 옆으로 흘렀고, 동시에 눈물이 흘러 눈앞이 캄캄해졌다. 손가락을 목구멍으로 넣어서 억지로 위산을 토해냈다. 개나리색 같은 맑은 물이 나왔다. 그러고는 2층에 있는 내 방까지 네발로 기어 올라갔다.

위세척을 하고 조금 쉬었더니 정신이 들었다. 단식을 하면 명현현상처럼 평소 좋지 않았던 것들이 일시적으로 호전되어 나타나는데, 그러면 운이 좋은 거라고 원장님이 호들갑을 떨며 말했다.

마지막 날, 아침부터 짐을 싸두고, 남은 일정을 마치자마자 탈출하듯이 단식원을 빠져나왔다. 어떤 사람들은 가끔 단식원을 다시 가고 싶다는데, 나는 아직 그런 마음이 든 적은 없다. 물론 다시 그곳을 찾게 될지도 모를 일이지만.

살이 빠진 것은 아니지만 단식원에서 닷새를 버틴 것에 만족한다. 혹시 정말 살을 빼고 싶으면, 집에서라도 일주일에 하루 정도 소금물만 먹고 장 청소를 하면 되지 않을까 하는 자신감도 생긴다. 또 하나의 도전이었다.

스스로 운명을
물어본다

내가 마지막으로 점을 보러 간 것은 3년 전쯤 어이없는 민사소송에 휘말려 있을 때였다. 진실이 이길 것이라고 아무리 믿어도 재판 날이 되면 스트레스가 목까지 차서 숨이 쉬어지지 않았다. 그래서 힘든 마음에 점집을 찾아갔었다. 희망적인 소리라도 들어야 버틸 수 있을 것 같았다. 마지막으로 소개를 받아 갔던 곳에서 점집 아줌마가 말했다.

"지금까지 알아서 살아온 것처럼 앞으로도 그리 살면 돼. 점 같은 거 보러 다닐 필요 없어. 평생 혼자서 문제를 해결하고 살았으니 앞으로도 스스로 잘 판단하고 해결하면서 살면 된다고."

칭찬인지 욕인지, 답답한 마음으로 점집을 나왔다.

15년 전쯤, 스트레스가 너무 심한 탓에 금방이라도 폭발해버릴 것만 같아 정신과를 찾아간 적이 있다. 각종 검사를 하고 상담도 세 번 정도 받았다. 그런데 상담을 해도 속이 시원해지지 않고, 진료비도 너무 비쌌다. 멀찍이 앉아서 내 말을 듣기만 하는 의사도 별 도움이 되지 않았다.

그러다 친구한테 신점을 본다는 사람을 소개받았다. 독립문 근처 어디쯤이었나. 두 시간 정도 속 시원하게 떠들었던 것 같다. 내가 다 이야기하지 않아도 누가 나를 힘들게 하는지, 왜 내가 스트레스를 받는지 너무 잘 알아주었다. 눈물이 날 정도로 위로가 되었다. 사람들이 점집을 왜 '싸고 빠른 인생 컨설팅'이라고 하는지 알 것 같았다.

코칭을 하면서 타로를 배웠다. 상담을 시작할 때 분위기를 편하게 만드는 데 도움이 된다. 타로는 배운다고 되는 것이 아니라 많은 실습이 필요하다. 그래서 연습 삼아 친구들한테 타로를 봐주기 시작했다. 초등학교 동창 열 명과 제주도에 갔을 때도 나는 저녁 내내 타로를 봐야 했다. 연습 덕인지 이제는 셀프 타로도 가능하다. 뭔가 결정할 일이 생기면 혼자 타로를 펴 보기도 한다. 타로는 미래를 점쳐주는 것은 아니지만, 현재 상황이나 가까운 미래는 꽤 정확하게 보여준다. 내가 보다가도 신기할 때가 종종 있다.

앞으로는 남에게 내 운명을 물어보지 말고, 코치답게 스스로 질문하고 바른 답을 찾아가며 살아야겠다. 라이프 코칭에 대해 강의하면서, 정작 나는 점을 본다는 게 아이러니하지 않은가.

◇◇◇◇

나라고 죽고 싶다는 생각을

한 번도 안 해본 것은 아니다.

너무 힘들 때, 눈감으면 모든 게

끝날까 싶은 적도 있었다.

그래도 죽고 사는 것은

인간이 선택하는 것이 아니다.

왜 사는지 고민할 때가 아니다.

어떻게 살아야 하는지 고민해야 한다.

크리에이터
되기

몇 년 전부터 팟캐스트가 유행이다. 나의 책 내용으로 코칭이나 상담 팟캐스트를 해보라는 권유도 많이 받았지만, 선뜻 시작하지 못했다. 혼자 콘텐츠를 제작한다는 것이 어렵게 느껴지기도 했고 게으름도 한몫했다.

그런데 세상이 바뀌었다. 언제부터인가 나도 맛집을 검색할 때 초록색 창이나 포털 사이트가 아니라 인스타그램을 이용한다. 아들은 궁금한 것이나 배우고 싶은 것을 유튜브로 배운다. 디자인과 편입시험을 볼 때도 유튜브를 보고 그림 연습을 했었다.

개인 방송? 자신이 없어서 미루다가 어느 날 밤 12시쯤 벌떡 일어났다. 부스스한 얼굴 그대로 거실 조명을 모두 켜고 핸드폰을 셀카 모드로 바꾼 후 촬영을 시작했다. 촬영한 영상을 핸드폰으로 더듬더듬 편집하고, 내 채널을 만들어 올렸다. 두 번째 책을 내고 나서는 SNS도 열심히 하기 시작했다. 프리랜서 작가는 책을 쓰고 강의하는 것으론 먹고살기가 힘든 세상이니 개인 유튜브도 결국 해야만 했다. 내가 뭘 하는 사람인지 알려야 하므로. 개인 방송이 작가로서, 코치로서의 포트폴리오 역할을 해준다.

아들에게 유튜브 채널의 제목을 하나 만들어보자 했더니, 농담처럼 던진 것이 채널명이 되었다.

'원코치의 원펀치.'

아직도 갈 길이 멀지만 그래도 1년, 2년 계속 하다 보면 언젠가는 길이 보이겠지. 이제 겨우 구독자 수백 명이 조금 넘었다. 얼마 전엔 아들한테 혼이 났다. 그렇게 화장도 안 하고 후줄근한 티셔츠 바람으로 방송하면 보던 사람도 놀라 도망가겠다고.

그래도 꾸준히 일주일에 두 개씩 영상을 올린 지 넉 달 정도가 되었다. 그리고 미리 공언을 해두었다.

'질보다 양으로, 꾸준함의 힘을 보여 드리겠습니다.'

◇◇◇◇

모든 도전이

성공으로 이어지지는 않는다.

결과는 알 수 없지만

나에게 중요한 사실은

'시작했다'는 것이다.

인생의
전성기

얼마 전 SNS를 보다가 친구가 올린 옛날 사진을 보았다. 대학 시절 MT 사진이었다. 친구는 그때가 자신의 전성기였다고 했다. 나는 댓글을 달았다.

[나의 전성기는 지금이다.]

설문조사에서도 인생의 전성기를 꼽으라 하면 이십 대 초반이라고 답하는 사람이 많다고 한다. 물론 그 나이 대의 친구들을 보면 발랄함과 젊음이 부럽기도 하다. 하지만 과연 내 인생에서 그 시절이 가장 좋았다고 말할 수 있을까. 나의 이십 대가 지금보다 나은 건 무엇이었을까. 그때는 지금보다 아는 것이 많지 않았고, 인간과 세상에 대한 이해의 폭도 넓지 않았으며, 운동도 좋아하지 않았다. 오히려 꾸준히 운동을 하고 있는 지금이 체력은 더 좋을 수 있다. 명백하게 그때가 더 좋았던 것은 지금보다 체중이 적게 나갔다는 것, 그뿐이 아닐까.

그래서 항상 나의 전성기는 현재라고 우긴다. 나는 매일 진화하고 있는 사람이니까. 어제보다 오늘이, 오늘보다 내일이 더 나은 사람이 되길 여전히 원하고 있으니까.

'현금, 황금보다 소중한 것이 지금'이라는 금언도 있지만, 예전에는 현재를 소중하게 느끼며 살지 못했다. 동생의 죽음 이후 산다는 것이 더 소중해졌다. 아이러니하게도 죽음에 대한 생각이 삶을 더 열정적으로 살게 만드는 것 같다. 하루하루 산다는 것이 얼마나 감사한 일인지 알기에, 내게 주어진 시간에 최선을 다하기로 했다. 훗날 죽음의 순간에 후회하지 않으려고 발버둥을 치는 것인지도 모르지만.

중년도
아프다

《아프니까 청춘이다》라는 책이 유행하고 나서 책 제목에 빗대어 '아프니까 중년이다'라는 말이 생겨났다. 혹자는 '중년이 더아프다'며 부르짖기도 했다. 실제로 아프니까. 체력도 떨어지고이런저런 성인병도 고개를 들이밀기 시작하는 때니까. 거울을보기만 해도 서글퍼지는 나이, 그것이 중년이다.

아침 세수를 하고 고개를 들면 거울에는 어제보다 나이 든아줌마가 나를 쳐다본다. 매일 조금씩 나이 든 모습에 적응해나가야 한다. 내가 알고 있던 내 모습이 아니다. 내가 알던 나보다 살찌고, 주름진 중년 아줌마가 서 있다. 그런데 그것이 나의 얼굴이다.

청춘은 아파도 회복할 수 있고 희망도 있는데, 중년은 갱년기라는 반갑지 않은 손님을 맞아서 더 기울어져간다. 청춘은 미래가 불안해서 흔들리지만, 중년은 미래가 없어서 흔들린다.

사회에서 쓸모없어진 것 같은 불안감.

퇴직 후 가장의 권위가 흔들려서 오는 절망감.

하릴없이 시간을 보내야 하는 허탈함.

그럼에도 불구하고 나는 지금이 좋다. 오십 대를 다 지나고 이제 육십으로 들어선 문턱. 어느 드라마 대사처럼 '쓸모없는 것이 아름답다' 생각한다. 잎이 떨어져도 빈 가지로 버틸 수 있는 내공이 있다. 세상에 쓸모가 없어도 내 가치는 내가 만들 수 있다. 사회적으로 커다란 일을 할 수 없을지라도 우리가 가진 경험과 연륜은 주변에 도움이 될 수 있다.

그러니 아프지 말자. 몸도 마음도 건강하게 씩씩하게.

◇◇◇◇

지혜로운 자는

과거를 아쉬워하지 않으니 아름답고,

현재를 붙잡으려 하지 않으니 자유롭고,

미래를 두려워하지 않으니 새롭다.

—경허 스님 말씀 중에서

이별은 후회를
남긴다

가을비가 추적거리던 날, 어느 작가님의 부고 소식을 전해들었다. 뇌출혈로 쓰러지신 지 이틀 만에 향년 85세로 돌아가셨다. 어느 분은 말했다. 슬프지만 병원에서 오래 고생하시지 않고 가신 것은 정말 다행이라고. 맞는 말이긴 하다.

부고를 안 순간, 그동안 찾아뵙지 못한 죄책감이 밀려왔다. 오후에 있던 모든 일정을 취소하고 장례식장을 찾았다. 문상은 밤늦게 가도 되지만 그 상태로 다른 스케줄을 소화할 수가 없었다.

아버지는 칠십 대 초반 뇌출혈로 쓰러지셔서 6년을 누워 계셨다. 시간이 지남에 따라 점점 기운이 약해지고 정신이 촛불처럼 사그라져갔다. 갑자기 그리되셔서 삶을 정리하지도 못하신 채 돌아가셨다. 유언 한마디 남기지 못했다. 반면 그 작가님은 마지막까지 작품도 정리하고, 만나고 싶은 사람도 부지런히 만나며 주위 사람들에게 틈틈이 유언도 하셨다고 한다. 누구나 타고난 운명이란 것이 있겠지만 부러웠다. 아버지 생각이 나서 더 부러웠고, 나의 마지막도 더도 덜도 말고 그 정도만 되면 좋겠다 생각했다.

죽기 전까지 내 힘으로 걸을 수 있고 움직일 수만 있다면 더 바랄 것이 무얼까. 대단한 욕심도 없다. 다시 한번 죽음학의 원칙을 떠올린다.

'누구나 내일 죽을 수도 있다.'

해야 할 일들을 미루지 말고 오늘 해야 한다는 사실을 다시 뼈저리게 깨닫는다. 죽음을 생각할수록 오늘이 중요하고, 지금 옆에 있는 사람들이 소중하다.

얼마 전 여행을 갔다가 우연히 인생 리셋 수업을 듣고 싶었다던 사람을 만났다. 아버지가 돌아가신 지 한 달이 안 되었고, 어머니는 요양원에 계시는데 상태가 좋지 않아서 아버지가 돌아가셨다는 말도 못 한 상황이었다. 어찌할 바를 몰라 하던 그의 심연이 내게도 느껴졌다. 부모님께 아무리 잘해도 자식에겐 늘 후회가 남는 법이다.

항상 주변 사람들에게 최선을 다하려고 한다. '할 만큼 했다'라고 말할 수 있을 만큼, 헤어져도 후회가 남지 않게, 나를 위해서 말이다. 그런데 부모 자식 관계는 내리사랑이란 말처럼 간단하지 않다. 부모님께 잘못한 게 많아서 누구나 후회는 있을 수 있지만, 죽음이란 것은 받아들여야만 한다. 붙잡으려 발버둥 쳐봐도 소용없는 일이다. 죽음이란 누구나 가는 길이니.

오늘이
마지막이라면

언제부터인가 매일 죽음이라는 것을 생각하며 산다. 나이 탓인지 나의 개인적인 경험 때문인지 모르겠다. 죽음이 낯설지도 않다. 삶의 반대말이 죽음일까. 우리의 몸 안에서 수천만 개의 세포가 매초 사라지고 다시 생겨나는 것처럼 삶과 죽음은 항상 함께 있다.

몇 년 전 크리스마스 날, 친구를 먼저 보냈다. 상가에 남아 있던 친구들이 말했다. 정말 내일이 없을지도 모른다고. 오늘이 마지막 날인 것처럼 살아보자고.

오늘이 마지막 날이라면 무엇을 하고 싶을까. 아마도 대부분 사랑하는 사람을 만나 남은 시간을 함께 보내고 싶지 않을까. 나 역시 아들과 밥이라도 함께 먹고 싶을 것 같다. 소중한 사람들에게 못다 한 말을 해야 할지도 모르겠다. 미안하다고 그리고 사랑한다고.

그런데 정작 우리는 왜 그렇게 하지 못할까. 바쁘다는 핑계로, 혹은 얄팍한 자존심 때문에 하고 싶은 말을 미룬다. 그러다가 내일이 영영 오지 않을 수도 있는데 말이다. 오늘 하고 싶은 일에 최선을 다한다면 내일 죽는다고 시한부 선고를 받아도 크게 달라질 게 없을 것이다. 오늘과 똑같은 일상을 살 뿐이다.

사람이 삶을 포기할 만큼 더 소중한 것이 있다면, 혹은 죽음을 선택할 만큼 더 큰 가치가 있다면 그것은 돈도, 명예도, 권력도 아닌 사랑일 것이다. 로미오와 줄리엣이 아니더라도, 우리가 삶을 포기하고 죽음을 선택할 수 있는 힘은 사랑을 위해서 뿐이다. 그러니 소중한 사람들에게 매일 이야기하자. 사랑한다고. 오늘이 마지막 날인 것처럼.

5장

현명하고 우아한

인생 2막을 위하여

65세가
청춘이라고요?

마흔을 두 번째 스무 살이라고 부른다. 그렇게 치면 나는 곧 두 번째 서른 살이 된다. 우리나라는 65세가 넘으면 국가가 제공하는 노인 복지의 혜택을 받을 수 있다. 지하철도 그냥 탈 수 있고, 항공이나 기차 요금도 할인이 된다.

사람들이 느끼는 체감 나이는 어떨까? 오십 대면 확실히 중년이라는 생각이 든다. 그런데 육십이 넘어도 노년이라는 기분은 들지 않을 것 같다. 정부의 청년 정책에는 39세까지를 청년으로 포함시킨다. 우리가 체감하는 청년과 중년 사이, 중년과 노년 사이에 넓은 간극이 있다. 어디서부터 어디까지를 기준으로 삼아야 할까.

좋은 소식 혹은 나쁜 소식이 있다. 2015년 유엔(UN)에서 생애 주기별 연령 지표를 제시했는데, 그 내용이 흥미롭다. 18세부터 65세까지는 청년, 66세부터 79세까지는 중년, 80세부터 99세까지는 노년, 100세 이후는 장수 노인이란다.

이 주기에 따르면, 나도 아직은 청년이다. 인생을 사계절로 보면 가을쯤에 와 있을 텐데 아직도 청년이라니! 봄, 여름, 가을, 가을? 가을은 길게 겨울은 짧게 지내다 가고 싶은 건 나이 들어가는 모두의 소망일 것이다.

내 청춘의 시간은 내가 정하고 싶다. 그것이 65세까지이든 70세까지이든 마음먹기 나름이다. 고정 관념과 권위 의식은 내려놓고 더 유연하고 자유로운 영혼으로, 청춘의 감성으로 살다 가자. 나의 인생 주기는 내가 정하는 것이니.

◇◇◇◇

호기심과 설렘은 닮았다.

호기심이 없으면 늙는다.

설렘을 포기하면 그때부터 나이가 든다.

조금 엉뚱해도 도전하지 않으면

나이가 든다.

상실의
시대

죽음학을 공부하면서 많이 듣게 되는 단어가 있다. 바로 상실, 애도, 비탄이다. 누군가 죽었을 때만 상실을 겪게 되는 것은 아니다. 우리는 태어나서부터 많은 상실을 마주한다. 어릴 때 아끼던 장난감이 망가져서 엄청난 상실감을 느낀 경험이 누구나 있을 것이다.

15년 전, 이사하고 집을 정리하느라 정신없던 와중에 기르던 강아지가 집을 나가버려서 난리가 난 적이 있다. 착하고 예쁜 아이여서 현상금까지 걸고 열심히 찾았던 기억이 난다. 그때도 상실감을 맛보았다.

어른이 되어가면서는 많은 이별을 경험한다. 연인과 헤어지기도 하고, 배우자와 도장을 찍기도 하고, 어른들이 돌아가시기도 하고.

나의 사십 대는 말 그대로 '상실의 시대'였다. 당연히 감정적으로도 신체적으로도 바닥을 쳤다. 그러자 오랫동안 쌓인 스트레스로 인해 건강에 문제가 생겼고, 수술을 하고 회복을 하며 오십 대를 맞았다.

이제 혼자 산 지 10년이 넘어간다. 남편이 있을 때도 자기 일밖에 모르는 그 덕분에 혼자 사는 것과 별반 다르지 않았지만, 갑자기 결혼이라는 제도적 울타리가 없어지고 세상에 혼자 남겨진 상태에 적응하는 데 꽤나 힘이 들었다. 남의 속사정을 모르는 사람들이 함부로 떠드는 말을 들을 때마다 화를 삭이는 것에도 익숙해져야 했다. 인생의 큰 실패 없이 반듯하게 살았다고 자부했던 내 오만함에 벼락을 맞은 기분이랄까.

지난 10년 동안은 혼자인 상태를 받아들이기 위해 힘을 내서 살아야만 했다. 억지로 힘을 내는 것에 지치면, 또 다른 외로움의 스테이지가 펼쳐졌다.

"언니는 너무 강해 보여서 그런 고민도 없이 잘 사는 것처럼 보여."

"그게 사람이니?"

며칠 전 후배의 말에 공연히 화가 나 소리쳤다. 남들이 내 속까지 알진 못하겠지만, 강해 보이고 세 보인다는 말은 내게 또 다른 상처였다. 유독 '세 보인다'라는 말을 자주 들었는데, 여자한테 '기가 세다'는 것은 무슨 의미일까. 내가 생각하기에 '세다'는 말은 부정적인 의미가 8할 정도 내포된 듯하다. 경우 없이 행동하는 것도 아니고 남을 배려할 줄 모르는 것도 아닌데, 대부분 거침없이 자기 생각을 말하거나 너무 솔직할 때 '세다'는 말을 듣는다. 남자는 자기주장을 말하면 소신 있다고들 하던데, 여자는 왜 자기 생각을 말하면 그런 소리를 들어야 할까. 수동적이고 조신해야 여자답다는 등 그런 여자다움은 예전이나 지금이나 반갑지 않지만, 페미니스트도 아니고 목소리가 크지도 않은데 이젠 그런 소리를 듣는 것도 피곤하다.

그나마 내가 징징거릴 때마다 위로해주고 지지해주는 아들 덕분에 내 결정을 믿고 다시금 나아간다. 앞으로도 오랫동안 힘들고 외롭겠지만, 내가 선택한 인생이니 하루하루 꽉꽉 채워서 후회가 남지 않도록 나이 들어보기로 한다.

외로움은 타의적인 것이고, 고독은 자의에 의한 것이라는 말이 있다. 나는 외로움을 피하려고 고독한 쪽을 택했는지도 모른다. 사람은 고독해야 깊이가 생기는 것 같다. 젊을 때는 사느라 바빠서 외로움이고 고독이고 생각해볼 여유가 없었다. 옛 어른들이 배부르고 한가한 소리라고 야단치던 것이 맞을지도 모르겠다.

어차피 혼자 가는 인생, 외로워하지 말고 고독하기로 하자. 내 앞에 널브러진 고독, 씹고 또 씹어서 글로 써보기로 하자. 필요한 사람에게 상담과 강의를 해주는 것이 한 명이라도 덜 외롭게 할 수 있다면 좋겠다.

◇◇◇◇

나도 지칠 때가 있다.

너무 애쓰고 살았나 보다.

이런 시기를 슬럼프라 부른다.

억지로 벗어나려 바동거리지 않는다.

그냥 슬럼프에 푹 빠지게 둔다.

충분히 쉬고 나면

다시 걸어 나올 수 있을 거라고,

그렇게 나를 믿어준다.

나를 위한
상차림

신붓감을 고를 때는 친정엄마를 보라는 말이 있다. 우리 엄마는 깐깐하고 살림을 잘하는 사람이었다. 항상 신경 써서 식탁을 차려주셨는데 계절에 맞게 예쁜 그릇에 음식을 담는 걸 좋아하셨다.

여름에는 찬장 깊숙이 들어 있던 유리그릇을 꺼내 시원한 미역냉국을 담아내셨다. 엄마처럼 하려면 음식에 따라 정확히 그에 맞는 접시에 적당한 양을 담아야 했다. 며느리가 나물을 너무 듬뿍 담으면 조용히 보기 좋게 다시 담곤 하셨다. 시어머니로서는 어렵고 피곤한 스타일이다. 나한테도 늘 혼자 먹더라도 잘 차려 먹어야 한다고 가르치셨다. 그 덕분에 나는 지금도 과일을 먹으려면 잘 깎아서 접시에 담아 먹는다. 또 밤을 삶으면 손가락이 아파도 껍질을 모두 까서 유리그릇에 담아 놓고 먹는다.

물론 그렇지 않은 음식들도 있다. 비빔밥은 고급스러운 대접보다는 양푼 그대로 퍼먹는 것이 더 먹음직스럽다. 커다란 양푼에 남은 나물을 넣고, 고추장과 참기름을 곁들여 비빈 밥은 그냥 숟가락 두 개를 푹 꽂아서 아들과 함께 퍼먹는다.

배달 음식도 좋은 접시에 담아 고급스럽게 해놓고 먹으면 기분이 색다르다. 테이블 세팅에 따라 음식도 달라 보인다. 가끔 친구들이 놀러오면 요리하기 귀찮아서 배달 음식을 시켜줄 때가 있다. 처음엔 밥을 직접 해주지 못한 게 미안해서 배달 온 족발을 큰 도자기 접시에 담아내었다. 후배가 족발을 시켜서 이렇게 차려 먹는 사람은 처음 봤다며 깜짝 놀라기까지 했다.

가족에게 열심히 식탁을 차려주는 엄마일수록 혼자 있을 땐 냉장고에 있던 반찬통을 그대로 꺼내놓고 대강 식사하는 경우가 많다. 그리고 모든 일에 '엄마는 괜찮아'라고 말한다. 그런데 사실은 괜찮지 않다. 평생 가족을 위해서 음식을 차렸으니 이제는 자신을 위해서도 정성껏 음식을 준비해야 하지 않을까.

나이가 들면 아이들도 독립을 하고, 점점 혼자 식사할 때가 많아질 것이다. 1인 가구도 갈수록 늘어나고 있다. 사는 게 뭔가. 다 먹자고 사는 거라고들 하지 않나? 오늘 저녁은 가장 좋은 그릇에 예쁘게 음식을 담아서 우아하게 식사를 즐겨보자. 음악도 틀어놓고, 와인도 한 잔 내어놓고. 온전히 내가 좋아하는 것들로 채워진 식사 시간을 만들자. 그러면 혼자 먹어도 덜 서럽다.

혼자서도 예쁘게 차려 먹는 습관은 단지 먹는 즐거움만을 위한 것이 아니다. 내가 나를 잘 대접하는 태도를 갖추어야 한다. 내가 나를 더 사랑하고 대접하지 않으면 남들에게서 무엇을 기대할 수 있을까. 누가 나보다 나를 더 사랑할 수 있단 말인가.

'나이답게'가 아니라
'나답게' 입기

나는 청바지를 좋아한다. 편리함 때문이다. 아침에 신경 쓰기 싫으면 일단 청바지를 입고 본다. 그리고 위에 편한 티셔츠를 입는다. 나이에 크게 구애받지 않고 옷을 입는 편이다. 장소에 따라 예의에 어긋나는 복장이 아니라면, 나만 좋으면 그만이라고 생각한다. 그런데 어떤 사람이 어울리지 않게 요란한 옷을 입은 걸 보면 나이에 맞게 입어야지 싶다. 내가 생각해도 이율배반적이다.

어디까지가 자유로운 복장이고, 어디부터는 젊어 보이려고 기를 쓰는 느낌인지 애매하다. 나는 TPO(시간, 장소, 상황을 뜻하는 약어)에 맞게 옷 입는 것을 좋아한다. 누군가가 초대한 모임이나 행사에 갈 때는 주최자의 의도에 맞게 옷을 입는 것이 예의라고 생각한다. 결혼식 예복과 상복은 말할 것도 없고, 음악회나 행사에도 콘셉트가 있을 것이다. 가끔 친구들끼리 드레스코드를 정해서 모이는 것도 재밌다. 크리스마스엔 빨간 옷, 연말모임엔 반짝이를 드레스코드로 정하기도 한다.

어느 날 부산에 사는 친구가 '꽃가라' 바지를 입고 나타났다(꽃무늬는 말맛이 살지 않는다. 일본식 표현이지만 '꽃가라'라고 해줘야 약간 촌스럽고 정겨운 어감이 산다. 이 친구는 호피 무늬를 '범가라'라고도 한다). 해마다 봄이면 꽃무늬 원피스가 유행하곤 하지만 젊었을때는 화려한 것을 좋아하지 않아서 입어본 적이 없다. 예전에 주얼리 디자인 일을 해서인지 항상 단색 옷을 입었다. 그래야 주얼리를 착용했을 때 제품이 돋보여 효과적이었다. 그래서인지 옷장을 열면 전부 깜깜한 옷만 걸려 있었다.

언제부터였을까. 내가 원색 옷을 좋아하게 된 것은. 특히 여름엔 빨간 원피스도 잘 입는다. 이제는 친구들처럼 꽃가라 원피스도 입어봐야겠다. 젊을 때처럼 스스로 에너지를 뿜어내지 못하니 옷이라도 컬러풀하게 입어 나에게 에너지를 불어넣어야 할 것 같다. 알록달록한 꽃가라 옷을 입고 양손을 하늘로 뿜뿜, 머리부터 발끝까지 뿜뿜, 마치 아이돌 가수의 노래처럼 신난 모습을 상상해본다.

울적한 기분이 들면 혼자라도 드레스코드를 정해보는 건 어떨까. 비 오는 날 노란 원피스에 핑크 우산을 들어보는 건 어떨까. 나이가 들면 별일 없어도 우울감에 빠지기 쉽다. 그럴 때 스스로 치얼업(Cheer Up)하며 옷 입기를 시도해보자. 한결 기분이 나아질 것이다.

숫자에서
자유롭게

우리 주변에는 숫자가 참 많다. 나를 설명하는 것도 모두 숫자다. 나이는 59, 집은 109-○○, 전화번호는 010-○○○○-○○○○. 심지어 요즘은 도시 사람의 대부분이 아파트에 살다 보니, 초등학생들도 서로 몇 평에 사는지 물어보고 평수로 친구를 나눈다는 기사를 본 적이 있다. 평수로 사람의 가치를 판단한다니, 참 어이없고 서글픈 일이다.

잠시라도 "몇 평에 사세요?" 같은 질문은 접어두자. 어릴 때 산수도 잘 못했는데, 이제라도 숫자로부터 자유로워지고 싶다. 나이를 생각하다 보면 마음대로 할 수 있는 선택의 폭이 좁아진다. 하고 싶은 일이 있어도 '이 나이에 할 수 있을까' 고민만 하다 포기한다. 또 쉬운 일도 너무 늦었다고 생각한다. 세상에 무슨 일이든 너무 늦은 때란 없다. 하고 싶을 때, 그때 하면 된다.

때론 나이를 의식하지 않는 것이 오히려 사는 데 도움이 된다. 처음 만나는 사람에게 나이를 먼저 물어보는 사람도 많은데 위, 아래 따져서 뭐 하려는지 모르겠다. 내게 젊은 친구가 많은 이유는 나이를 따지거나 내세우지 않기 때문인 것 같다. 나이부터 따지면 절대 서로 친구가 될 수 없다. 나이와 상관없이 대화가 통하면 모두 친구다. 고정 관념이 강하면 서로 소통이 되지 않고, 결국 친구가 되기 어렵다.

사람은 그냥 사람 자체로 충분하다. 그 사람이 몇 살인지, 어디에 사는지는 중요하지 않다. 나이가 들며 숫자를 빼고 사람을 볼 줄 아는 안목도 생겼다. 해마다 내 나이가 몇인지도 기억하기 힘든데, 숫자는 이제 그만 잊고, 흘러가는 대로 살려고 한다. 시간과 숫자에서 자유로워지는 것도 잘 나이 들어가는 방법인 것 같다.

노년의
쓸모

요즘은 매스컴마다 보험 광고가 쏟아져 나온다. 홈쇼핑에서도 매일 보험을 판다. 수명이 길어져서 노후 자금이 전보다 많이 들고 세상도 불안하기 때문이리라.

얼마 전 어느 보험 회사에서 노인을 대상으로 한 상품을 광고했다. 적은 돈으로 사후 장례 비용을 스스로 준비할 수 있다고, 자식들에게 짐이 되지 말라고 떠들어댔다. 아들과 차를 타고 가던 중에 그 광고가 라디오에서 나오자 아들이 버럭 화를 냈다. 부모가 힘들여 키워줬으면 노후에 자식들이 모시는 것이 당연한 일인데, 왜 노인 스스로 짐이라 생각하게 하냐고, 저런 사회 의식이 문제라고 침을 튀겼다.

나도 광고 내용이 뭔가 불편했다. 아들이 그런 생각을 한다는 것이 감사하고 기특하기도 했지만, 노인에 대한 사회 인식을 다시 생각하게 되었다. 모든 부모의 마음이야 본인 스스로 능력이 있어서 노후 대책도 다 해놓고, 자식들에게 하나라도 더 물려주면 좋지 않겠나.

노인 인구의 급격한 증가는 앞으로 구조적으로, 제도적으로 우리 사회가 해결해야 할 중요한 과제다. 그러나 노인들 개개인이 가정에서, 사회에서 문제적 존재로 취급받아서는 안 된다. 젊은이들도 취업하기 힘든 요즘 같은 형국에 능력 있는 오십 대들의 조기 퇴직이 많아졌다. 젊을 때 경험을 쌓아서 이제 한참 능력을 발휘할 수 있는 나이에 사회에서 밀어내고는 그들을 문제아, 짐짝 취급하는 것은 안타까운 일이 아닐 수 없다.

몇 년 전 《인턴》이라는 영화를 보면서, 칠십 나이에도 어느 회사의 인턴으로 일할 수 있는 사회적 환경이야말로 이상적인 시니어 라이프가 아닐까 생각했다. 우리 현실에서도 충분히 가능한 제도가 아닐까. 나이가 들면 젊은이보다 체력적으로 약해지고, 순발력이 떨어지고, 덜 스마트할 수는 있으나, 그보다 더 많은 사회 경험으로 쌓인 지혜로움이 있다. 그런 자원을 사회 곳곳에 활용할 수 있는 제도적 장치가 많이 개발되면 좋겠다. 창의적이고 추진력이 좋은 청년 세대와 현명하고 노련한 노년 세대가 함께 일함으로써 생산성은 높이되 리스크는 줄일 수 있는 노동 환경이 만들어진다면 더할 나위 없으리라.

그러기 위해선 세대 간 소통이 먼저 이루어져야 한다. 자기의 입장만 얘기하는 것이 아니라 다른 세대의 말을 들어주는 연습이 필요하다. 노인들도 무조건 가르치려 들지 말고, 고집부리지 말고, 함께 이야기할 수 있는 열린 자세를 연습해야 한다.

만만한
어른 되기

할아버지, 할머니를 연상하면 보통 두 가지 이미지가 떠오른다. 하나는 아이들을 무릎에 앉히고 옛날이야기를 들려주는 인자한 어른, 꼬마들이 장난을 쳐도 허허 웃으며 웬만한 것은 다 이해해줄 것 같은 어른이다. 다른 하나는 스크루지처럼 무섭고 심술 맞은 노인네다. 실제로도 고집만 세고 말이 안 통하는 어른이 많다.

나는 아직 할머니 소리를 듣지는 않지만, 나중에 어느 쪽으로 비춰질까? 어떤 모습으로 늙어갈까?

세상 살다 보니 마음대로 되는 일도 잘 없지만, 절대로 있을 수 없는 일도 없다는 생각이 든다. 나와 달라도 웬만하면 '그럴 수도 있지' 하며 넘어가게 되고, 입장을 바꿔 생각하면 그리 열 받을 일도 없다. 그런데 나이가 든다고 모두 인자하고 지혜로운 어른이 되는 건 아니다. 나이가 들고 사회적 지위가 올라갈수록 자기주장만 더 강해지고, 누구에게나 대접받기를 원하고, 그렇지 않으면 삐져서 심술을 부리는 어른도 많다.

나이가 많다는 이유로 초면인 젊은 사람에게 반말을 하거나 함부로 하는 사람도 있다. 젊은 사람들이 알아서 하는 경로우대는 좋은 문화이지만, 나이 든 사람들이 당연한 특권으로 요구하기 시작하면 불편해진다. 모임에서도 나이 어린 친구가 알아서 움직여주면 좋을 때도 있지만 그걸 당연시해서 자기 수족처럼 마음대로 일을 시키는 것을 보면 거북하다. 여자에게 잔심부름을 시키면서 여자니까 당연히 해야 한다는 가부장적 논리와 다르지 않다.

그런 점을 너무 의식하다 보니 부작용도 있다. 나는 나보다

연장자들한테는 친해지면 말을 잘 놓기도 하는데, 오히려 후배들한테는 더 조심하게 된다. 상대방이 말을 놓으라고 몇 번씩 권하기 전에는 반말이 잘 나오지 않는다. 그런 면이 상대에 따라서는 가까워지는 데 장애가 되기도 해 오히려 빨리 친해지지 못할 때가 많다.

누구나 그렇겠지만, 나 역시 고집 센 할머니가 되는 것보다는 편안한 할머니로 늙고 싶다. 삼십 대부터 나의 희망사항은 '곱게 늙기'였다. 곱게 늙는다는 것은 외모 얘기가 아니다. 이해심 많고 마음이 따뜻해서 절로 인상도 후덕해 보이는 할머니가 되고 싶다는 뜻이다. 젊은 사람들 얘기도 잘 들어주고 말이 통하는 할머니. 젊은이들이 나를 좀 만만하게 생각한들 어떻겠는가.

몽당연필

몇 년 전 드로잉 연습을 하면서 연필을 쓰게 되었다. 기계가 아닌 칼로 연필을 깎는 느낌이 좋았다. 사각거리는 소리도 좋고, 나무 향기와 시큼한 흑연 냄새도 좋았다. 칼로 천천히 나무를 베다 보면 마음도 차분해졌다.

언제부턴가 연필 대신 편리한 샤프를 쓰고, 볼펜을 쓰고, 이제는 모든 것을 컴퓨터 키보드에 의지해 쓰다 보니 글씨를 손으로 직접 쓸 일이 많지 않다. 내가 초등학교 다닐 때는 연필도 쓰다가 작아지면 볼펜대에 끼워서 쓸 만큼 아꼈는데….

문득 몽당연필이 어린 날의 추억을 불러와 글을 쓰기 시작
했다. 그런데 몽당연필에 대한 수필을 쓰다가 떠오른 것은 어릴
적 추억도, 글쓰기도, 그림 그리기도 아닌 친정엄마였다. 친정
엄마는 몇 년 전부터 치매를 앓고 계신다. 처음에는 그냥 연세
가 드셔서 깜박하는 것이려니 여겼다. 그러던 어느 날, 엄마는
내게 전화해 돌아가신 아빠가 아침에 출근했는데 돌아오지 않
는다며 기다리기도 하고, 오빠와 삼촌을 헷갈리기도 했다. 그런
전화를 받으면 가슴이 철렁 내려앉았다.

병원 치료를 정기적으로 받고 건강이 조금씩 나아져서 지금
은 단기 기억력이 없을 뿐 다른 인지능력은 크게 나빠지지 않
고 잘 버티고 계신다. 오히려 걱정이 없으니 더 맘 편하게 지내
시는 듯하다. 아들도 할머니가 더 귀여워지신 것 같다고 한다.
그런 엄마가 마치 몽당연필 같다. 작아진 몽당연필처럼 약해진
엄마를 내가 돌봐야 할 때가 되었나 보다. 어릴 때 엄마가 나를
키웠듯이.

누구나 노후에 병들고 아플 것을 염려할 것이다. 그중에서도

아마 가장 두려운 것이 치매 아닐까.

모든 사람이 사는 동안은 건강하게 살다가 오래 고생 안 하고 떠나기를 바라지만, 다 마음처럼 되는 것은 아니다. 그렇다고 아직 일어나지도 않은 일을 걱정하며 우울감에 빠져 있을 필요는 없다. 미리 걱정하기보다는 예방이 중요하다.

최근 새로 나온 치매 보험을 보았다. 사람들은 치매가 안 걸리면 쓸데없고 치매가 걸리면 보험 든 걸 잊어버릴 테니 소용없지 않느냐고 농담을 한다. 웃픈 현실이다. 보험이나 연금 같은 재정적 노후 대책이 가장 중요하겠지만, 그와 더불어 운동이나 춤과 노래 등 노화 방지에 좋은 활동들도 오십 이후에는 꼭 필요하다. 노년의 시간을 잘 보내기 위한 대책도 미리 생각해보아야 한다.

왜

죽음학을?

고대 평생교육원에 죽음학 교육을 들으러 갔다. 첫날 오리엔테이션 시간에 왜 죽음학을 공부하러 왔는지, 자기소개 겸 이야기를 했다. 목사, 수녀님도 있고 응급의학과 의사 등 다양한 직업의 사람들이 있었다. 모두 죽음을 많이 봐야 하는 일을 하고 있었다. 한 친구는 키우던 거북이가 죽고 힘들어서 같은 경험을 가진 사람들을 모아서 동호회를 만들고 펫로스(Pet Loss)에 대해 공부하기 시작했다고 말했다. 나는 사십 대에 가족을 떠나보내고 죽음에 대한 관심이 많아졌다. 죽음을 두려운 일이라기보다는 담담히 받아들일 수 있도록 준비하고 싶었다.

나는 새벽에 울리는 전화 소리에 공포가 있다. 아버지와 동생의 사망 소식을 들은 것은 모두 새벽이었다. 아버지는 뇌출혈로 쓰러지셨는데, 초기와 달리 점점 상태가 악화되었고, 나중에는 식사도 못 하고 사람을 알아보지도 못했다. 스스로 식사를 못 하게 되자 목에 호스를 끼워 시간 맞춰 유동식을 넣어야 했고, 오래 지나지 않아 목에 있던 호스에도 문제가 생겨 그 다음에는 배에 구멍을 뚫어서 위와 바로 통하게 호스를 연결했다. 어떤 사람은 요양 병원에 입원하기도 하지만 헌신적인 엄마 덕분에 아버지는 돌아가실 때까지 집에 계셨다. 나는 자연히 간병을 도우며 사람의 죽어가는 과정을 곁에서 보게 되었다. 가슴이 미어지게 슬펐지만 내가 사랑하는 아버지여서 그런지 입관하는 모습을 보면서도 죽음이 무섭게 느껴지지는 않았다.

그리고 2년 뒤 어느 날 새벽, 또 전화 소리가 나를 깨웠다. 엄마의 전화였다. 동생의 부고 소식. 이해가 되지 않았다. 내가 친정으로 달려갔을 때는 이미 경찰이 시신을 수습하고 있었다. 화가 났다. 상실, 애도, 비탄, 그런 것을 느끼고 생각할 겨를이 없었다. 장례를 치르고 화장해서 재를 뿌리는 3박 4일 동안 내내 화가 났다. 가족을 두고, 평생 자신을 뒷바라지하느라 고생한 엄마를 두고 먼저 갔다는 사실이 용서되지 않았다. 상실과 비탄만 있었을 뿐 애도는 없었다.

몇 년 동안 어떻게 해야 할지 몰랐다. 내가 잘못한 일이 아니지만, 죄책감이 없어지지는 않았다. 가족이 자살을 하면 남은 가족을 유족이 아니라 생존자라고 부르는 이유이다. 세월이 지나도 고통이 옅어지지 않는다.

그래서 알게 되었다.

겪어보지 않으면 절대로 알 수 없는 일이 있다는 것을.

남의 고통을 함부로 이해한다고 말하거나

위로하면 안 된다는 것을.

내가 코칭을 배우고 상담을 할 때 더 겸손해지는 이유이다.

충분히 공감하지만 남의 아픔에 대해서

아는 척하지 않는 이유이다.

농담이라도 '죽어버리겠다'는 말을 쉽게 하는 사람들을

그냥 지나치지 못하는 이유이다.

살고 싶지 않다는 사람들을 붙잡는 이유이다.

내가 죽음학을 배우러 간 이유이다.

인생 리셋이라는 워크숍을 만들고 사람들에게

삶의 소중함을 이야기하는 이유이다.

죽음을 얘기하는 것은
오늘을 사는 것

어제도 죽음학 수업이 있었다. 준비된 죽음과 준비되지 않은 죽음에 대해서. 웰다잉(Well Dying)이라는 부제가 붙어 있었다. 그런데 수업 내용이 내가 '어떻게 살아야 할까'라는 주제로 강의하는 것과 너무 비슷해서 놀랐다. 앞으로 어떻게 살지에 대해 고민하고 내가 내린 답은, 자신이 진정 원하는 삶이 무엇일까를 생각해보고 하루하루 그렇게 살도록 노력하는 것이다. 내면의 욕구에 충실한 본질적 삶 살기.

나는 어디서, 누구에게 강의를 하든 늘 같은 질문으로 수업을 시작한다.

"인생은 선택의 연속이라고들 말합니다. 지금까지 인생의 중요한 일을 결정할 때마다 자신이 원하는 대로 선택한 사람 있으시면 손들어보세요."

학생이든 어른이든 이런 질문에 손드는 사람은 몇 명 되지 않는다. 그러면 나는 다시 묻는다.

"여러분 인생인데, 그럼 그 인생을 누가 살았나요?"

한때 내 자신에게 던진 질문이기도 하다. 어릴 때는 부모님이 시키는 대로, 아마 결혼도 집에서 바라는 대로 했을지도 모른다. 결혼 후에도 가족들을 위해서 어쩔 수 없다는 핑계로 원하지 않는 삶을 살아가기도 한다. 그리고 남을 탓한다. 엄마 때문에, 아이 때문에, 내가 이렇게 사는 것이라고. 정말 그럴까? 원인이 무엇이든 결국은 자신이 선택한 것이 아니었던가.

강의가 끝날 때는 이렇게 마무리를 한다.

"지금부터라도 어떤 일을 결정할 순간이 오면 내가 진짜 원하는 것이 무엇인지 한 번만 더 생각해보세요. 앞으로 여러분 인생은 진정 스스로 원하는 대로 사는 것이기를 바랍니다. 죽을 때 후회가 남지 않도록."

결국 웰다잉과 웰빙은 같은 말인 듯하다. 잘 죽기 위해서는 잘 살아야 하니까. 사람들이 죽을 때 가장 후회한다는 몇 가지를 얘기했다. 가족들과 여행하기, 감정 표현하기, 좋아하는 사람들과 맛집 가기, 친구들에게 자주 연락하기, 바다, 산, 들, 자연을 여유 있게 바라보기…. 매일 할 수 있는 일들인데 고작 그런 것이 죽기 전에 하고 싶다니 누군가에겐 싱거운 일일 수도 있겠다. 그런데 가만 보면 너무 간단하고 쉬운 일이라 언제라도 할 수 있다고 미뤄두는 일들이다.

앞으로는 미루지 말고 해보자. 그리고 오늘 내 옆에 있는 사람에게 말하자. 사랑한다고 간지럽게 말하지 않아도 괜찮다.
"네가 있어서 참 좋다."
이 말 한마디면 족하다. 인생에서 바빠서 못 할 일은 사실 별로 없다. 지금은 바쁘니 나중에 여유가 생기면 할 수 있다고 합리화하지 말자. 인생 한가한 소리라고 무시해버리지도 말자.

우리는 문득 내일 죽을 수도 있다. 그리고 그때는 너무 늦었을지도 모른다. 무엇을 하기에 적당한 때는 언제나 지금이다.

◇◇◇◇

꿈이 사라져도 그냥 살아진다.

그러나 꿈이 있으면 버텨진다.

꿈을 이루면 행복해진다.

유언장
쓰기

유언장을 쓰기에 적당한 때가 있다면, 그것은 지금이다. 물질적인 유산 상속에 대한 것만 유언장에 남기는 것은 아니다. 나는 유산으로 남겨줄 만큼 재산도 없고, 자식도 아들 하나뿐이라 나눠줄 사람도 없다.

　죽음을 미리 생각하고 유언장을 쓴다는 것이 쉬운 일은 아니다. 돌아가신 아버지를 생각하면 아직도 눈물이 그치지 않는다. 무슨 말을 하고 싶었을까. 하나밖에 없는 딸이라고 아버지는 나에게 항상 원하는 것을 다 해주셨다. 엄마가 아들 뒷바라지하느라 바쁠 때 그 빈자리를 아버지가 대신 채워주셨다. 돌아가시기 전에 대화를 할 수 없었던 것이 못내 아쉽다. 엄마도 치매가 시작된 지 5년쯤이 지났다. 아직 나를 알아보시긴 하지만 몸이 좋지 않으면 사람도 헷갈리고 말도 잘 하지 않는다.

요양원의 어느 할머니는 재산이 많지만, 자식들이 잘 찾아오지 않아 매일 창밖을 바라보며 지내신다. 어떻게 하면 빨리 죽을 수 있을까 생각하며. 한 할아버지는 매일 점심 때면 딸이 와서 식사를 챙겨드리고, 저녁이면 아들이 낡은 차를 끌고 와서 저녁을 수발하고 산책을 시켜드리고 간다. 가난하지만 아름다운 가족이다.

자식들에게 남겨줄 유산이란 돈이 다는 아닌 것 같다. 부모님이 편하게 사시고도 재산을 남겨준다면 좋은 일이지만, 그보다 서로 사랑할 수 있는 마음과 아름다운 추억을 남겨주어야 하지 않을까.

이제 나의 유언장을 써야 할 때이다. 유언장은 남은 사람들에게 사후 처리를 부탁하는 것과 나에게 쓰는 것, 두 가지다.

다행인 것은 아들이 다 커서 혼자 살 수 있는 나이가 되었다는 것이다. 남겨줄 재산은 없지만 함께했던 좋은 추억을 많이 남겨주고 싶다. 그래서 요즘은 시간이 날 때마다 아들과 여행을 간다. 길어야 이삼일 정도의 주말여행이지만 하루 종일 얘기할 수 있으니 좋다.

내가 살아온 길을 돌아보면 뭐가 남았을까. 기쁨도 많고 상처도 많다. 성공한 것이 없어도 열심히 살았으니 되었다. 물려줄 것이 없어도 사랑하니 되었다. 남에게 보여주는 인생이 아니라 더 소중한 것이 무엇인지 가르쳐주는 것이 나의 유산이다. 내가 열심히 살아온 이 길이 바로 나의 유산이다.

오늘 밤엔 조용히 지난 세월을 돌아보고 나의 첫 번째 유언장을 써야겠다. 아들에게 사랑하고 고맙다 말하고 나에게도 수고했다 말해주고 싶다. 이것 말고 다른 말이 필요 있을까. 몇 번이나 고쳐 쓸 시간이 있을지 모르겠다. 이제 곧 연말이 다가온다. 해마다 이맘때면 유언장을 수정하고 새로운 한 해를 맞이하는 것도 좋을 듯싶다.

독립성을
유지하기

어느 연구 결과에 따르면, 20세기 초반까지만 해도 미국의 65세 이상 노인 중 60퍼센트가 자녀와 함께 살았는데, 1960년대 초반에 25퍼센트로 떨어졌다고 한다. 유럽의 팔십 대 이상 노인은 10퍼센트만 자녀와 함께 살고, 절반 이상이 배우자도 없이 혼자 살고 있다. 한국, 일본, 중국 등 아시아 국가에서도 혼자 사는 노인의 비율이 점점 늘어나고 있다.

나도 머지않아 혼자 살게 될 테고, 그렇게 노후를 보내게 될 것이다. 젊어서 싱글로 사는 것과 노후를 혼자 보내는 것은 많이 다른 이야기이다.

아버지가 돌아가시고 혼자 되신 엄마에게 실버타운으로의 이사를 권한 적이 있었다. 엄마는 아무리 시설이 좋아도 노인들만 있는 곳은 싫다고 했다. 누구의 말도 듣지 않았다. 혼자 집에서 지내는 것이 걱정되지만 방법이 없었다. 팔십 대 초반에 디스크 수술을 세 번 하고 혼자 움직이기 힘드셨어도 끝까지 고집을 꺾지 않으셨다. 그러던 어느 날, 엄마가 전화를 했다.

"아빠가 아침에 나가더니 연락도 없고 퇴근 시간이 지났는데 안 들어온다."

심장이 쿵 떨어졌다. 아빠가 돌아가신 지 10년이 다 되어가는데…. 아침마다 전화해서 아무렇지 않은 목소리로 아빠와 동생을 찾을 때마다 나는 마른 침을 삼켰다.

'이미 이 세상에 없다고. 돌아가신 지 10년이나 지났는데 무슨 소리냐고' 입 밖으로 내뱉지 못한 말이 마음속에서 웅웅거렸다. 그런 전화를 받을 때마다 가슴이 철렁하고 눈물이 났다. 어떻게 받아들여야 할지 갈피를 잡을 수가 없었다. 결국 엄마는 혼자 살 수 없는 상황이 되어버렸다. 치매 진단을 받고 보조금을 받아서 24시간 돌봐주는 전문 간병인을 찾았다.

지금은 아흔이 넘으셨지만, 열심히 병원도 다니고 잘 관리해서 아직 나를 알아보신다. 엄마에게서 평생 칭찬이라고는 들어본 적이 없는데 치매 덕분에 '우리 딸이 예쁘다'는 소리도 듣는다. 그전보다 더 얌전하고 순해진 엄마를 보면 울어야 할지 웃어야 할지 모르겠다.

사람들이 죽음을 무서워하는 것은 죽음 그 자체보다 죽음으로 가는 과정이다. 정신을 놓지 않고 오래 아프지도 말고 죽는 날까지 내 의지로 움직일 수 있으면 좋겠다. 몸이 불편한 노인들이 요양원에 들어가는 순간 삶의 의지를 놓아버리는 경우도 많다. 요양원에서는 환자를 관리하기 쉽게 약을 많이 사용하기도 한다. 혼자 생활하기 힘들지만 노인 시설에 가지 않으려고 자녀들에게 불편한 것을 숨기는 노인들도 있다.

비싸고 고급스러운 실버타운이라도 개인의 자유나 개성이 사라지는 것은 마찬가지이다. 좋은 인테리어로 자녀들에게 부모님을 그런 곳에 모시는 것이 마땅히 해야 할 일이라고 믿게 만든다. 노인 인구가 많아지고 혼자 사는 비율도 늘어나면 실버타운과 개인 집의 중간 정도 관리 시설이 생길지도 모를 일이다. 서비스 아파트처럼 노인한테 필요한 최소한의 서비스를 제공하고 개인의 독립성을 지킬 수 있는 새로운 형태의 실버홈이 필요하다. 혼자 사는 친구들끼리 가까운 데 모여 살면 어떨까 얘기하기도 한다.

제주도에서 지인을 만났다. 자연히 요즘 관심사를 얘기하다 보니 죽음학 수업에 대한 대화를 나누게 되었다. 제주도에 오래 살다 보니 노인들을 많이 보게 된다고 했다. 특히 아흔이 넘은 할머니들이 많이 계신다고.

그런데 제주도 할머니들과 육지 노인들은 차이가 있다. 그분들이 서울에 사셨다면 아마도 요양원으로 갔을 나이이다. 그러나 제주도 할머니들은 꼬부랑 할머니가 되어도 밭일도 하고 집안일도 하신다. 일하는 것이 건강한 장수의 비결일까. 그를 본 지인도 어머니에게 새로운 일을 하라고 계속 권한단다. 움직일 수 있을 때까지 활동하는 것이 끝까지 건강한 정신으로 살 수 있는 방법인 것 같다며.

어떤 사람들은 오십 대에 죽음을 생각하는 것이 너무 이르다고 말하기도 한다. 죽음을 걱정하는 것은 아니다. 다만 어떻게 살다가 죽을지 고민하고, 준비를 해야 한다는 말이다.

그런데 시간이 너무 빨리 간다. 2020년은 코로나19로 인해 집에 갇혀 있는 시간이 많았고, 계획했던 일들은 미루고 또 미뤄졌다. 앞으로도 어떠한 예상치 못한 일이 우리의 발목을 잡을지 모른다.

자유로운
나이

"아무것도 하지 않아도 자유로운 나이."

칠십 정도 되신 선생님의 말씀이다. 요즘 스쿠터를 타고 전국 유람을 하고 있단다. 바이크를 즐기시는 줄 알았는데, 스쿠터의 매력에 빠지셨단다. 스쿠터를 타면 어디든 갈 수 있고, 길을 잘 못 들어도 아무 데서나 돌려 나올 수 있고, 차를 타고 휙 지나 갈 때와는 보이는 것이 다르다고.

우리 인생도 이제 속도가 느려졌다. 매일 급한 업무가 쌓이는 것도 아니고, 쫓기지도 않는다. 걸어가며 주변 풍경을 보듯이 나의 삶을 들여다보고 주변 사람도 보면서 나아가면 좋겠다.

해야 할 일보다 하고 싶은 일을 할 수 있는 나이.

그것이 오십 대부터이다. 나는 새벽형 인간이 아니라서 일출 보기가 힘들다. 그래서인지 일출보다는 노을을 좋아한다. 석양을 보면 느껴지는 쓸쓸함도 좋다. 딱 지금의 내가 석양의 시간에 있는 것 같다.

나의 가을이 지나가면 긴 겨울이 오고, 오늘의 태양은 화려한 노을을 보여주며 지평선 뒤로 숨어버리고 이내 곧 깜깜한 밤이 되겠지만, 나에게 어두워도 걸을 수 있는 지혜가 있기를 바란다.

◇◇◇◇

많은 세월을 견뎌온 만큼

점점 어두워지는 길도 큰 실수 없이

잘 걸어갈 수 있었으면 좋겠다.

찬찬히 나 자신을 믿고 걷는다면,

밤길도 헤매지 않고

올바른 방향으로 나아갈 수 있지 않을까.

나이답게가 아니라 나답게

초판 1쇄 발행 2021년 3월 26일
2쇄 발행 2021년 4월 10일

지은이 원현정
펴낸이 정혜윤
편집 조은아
마케팅 윤아림
펴낸곳 SISO

주소 경기도 고양시 일산서구 일산로635번길 32-19
출판등록 2015년 01월 08일 제 2015-000007호
전화 031-915-6236
팩스 031-5171-2365
이메일 siso@sisobooks.com

ISBN 979-11-89533-58-8 03800